De aanraking

Rik [illegible]

Brussel, 5 januari 1991

Frans Pointl

De aanraking

Verhalen

NIJGH & VAN DITMAR / AMSTERDAM
1990

Eerste druk november 1990
Tweede druk november 1990

Omslagontwerp: Ron van Roon
Illustratie omslag: Oskar Schlemmer, *Fünf Figuren im Raum, Römisches*

Foto auteur: Vincent Mentzel
NUGI 300 / ISBN 90 236 7510 X / CIP

Inhoud

I

I

Mevrouw

'IK VOEL ME niet lekker, ik heb pijn vlak bij mijn rechterlies, ik blijf in bed, mevrouw.'

Ik had mijn Frans niet goed geleerd; de grote repetitie zou die ochtend op een blamage uitlopen. Ziek worden was een prima oplossing.

Moeder knipte de rafelige pitten van onze drie petroleumtoestellen recht.

'Ziek is ziek,' merkte ze op. Ze legde niet eens even de schaar neer maar ging gewoon verder met knippen.

'Ik heb het ook enorm warm, pfff, ik kook bijna, mevrouw.'

'Ergens hier moet een thermometer liggen maar waar weet ik niet. Zin om alles ondersteboven te keren heb ik niet.'

We verkeerden weer eens in een 'mevrouwstrafperiode', een toneelstuk dat extra spanning aan ons geïsoleerde bestaan verleende. Het leek wel alsof ik het af en toe zelf wilde.

Moeder wist precies hoeveel minuten het lopen was vanaf de ULO tot aan de Stalinlaan. Zat er te veel speling tussen het uitgaan van de school en mijn thuiskomst, dan moest ik verantwoording afleggen, een waterdicht alibi produceren.

Natuurlijk had ik niet zo moeten treuzelen na die eerste filmvoorstelling in de Cinema Parisien.

Doelloos was ik die novemberavond op het verlengde van de Nieuwendijk blijven ronddrentelen. Ik wilde die altijd aanwezige uitzichtloze sfeer in onze kamer nog even ontlopen.

Toen ik uit lijn vijfentwintig stapte en de kiosk midden op het Victorieplein passeerde, zag ik haar. Ze zwaaide met een brandende zaklantaarn.

'Waar blijf je! In de telefooncel heb ik de politie al gebeld!' riep ze, almaar met die lantaarn zwaaiend.

'Ben ik zó klein dat je me zonder dat idiote ding niet kunt zien?'

In een woedevlaag sloeg ik haar de zaklantaarn uit de hand. Het ding viel op straat kapot.

'Zoiets doe je je moeder niet aan, slaan,' zei ze ineens gekalmeerd.

Ik kreeg geen klap. Mijn straf was subtieler. Een volle week moest ik haar met 'mevrouw' aanspreken. Vergat ik dat dan gaf ze geen antwoord. Het leidde tot ingewikkelde situaties. Deze straf gold ook – soms een maand lang – bij een matig rapport.

'Moeder, wilt u me even overhoren? Frans-Nederlands en Nederlands-Frans, het zijn ongeveer vijfentwintig woordjes.'

Ze reageerde niet en ging verder met het stoppen van mijn sokken, waarin ze geen heldin was.

Ze maasde het gat in de sok niet, maar joeg er verwoed en ongeduldig een draad doorheen zodat er op de hiel een textielknobbel ontstond. Trok ik zo'n sok aan dan had ik 's avonds gegarandeerd een forse blaar.

Ik herinnerde me mijn straf.

'Mevrouw?'

'Is er iets?' De naald flitste in haar nerveuze hand.

'Wilt u zo dadelijk mijn Franse woordjes even overhoren?'

Het zou nog een week duren alvorens ik de mevrouw weer voor een moeder kon inruilen.

Alles was onzeker. Blijven zitten kon ik me niet permitteren. Dan zou de ondersteuning me misschien zwaar werk op een fabriek bezorgen tussen grove mensen. Jarenlang zou ik daar bezweet sappelen tot ik zelfs op straat krom liep van het sjouwen en van het bedienen van machines. Het bedrag van de ondersteuning zou worden gehalveerd. Altijd zou ik dom blijven.

Was de meneer uit Haarlem een onechte vader? Zou ze ooit loslaten wie de echte was? Als ze nu eens uitstapte vóór ik mijn diploma had behaald? Meer dan de helft van haar fanatieke spiritistische kennissenkring was haar voorgegaan. Waarvan zou ik dan de huur en mijn voedsel moeten betalen? Kreeg een scholier ondersteuning? Wie zou mijn lessen overhoren?

Veronderstel dat de Russen een oorlog begonnen en Nederland zouden innemen, zouden ze dan de laatste joden opruimen? Moeder had eens verteld dat de Russen niet van de joden hielden. Lang geleden waren er in hun land al pogroms geweest. Een koude oorlog was haat, een warme betekende bloed.

De onmogelijkheid deze keten van onzekerheden te verbreken werkte soms verlammend.

De enige oplossing was niet meer dan veertien dagen vooruit te denken.

Er werd gebeld. Mevrouw Joha deed altijd open. Ze meldde aan de betreffende huurder wie er was. Zo hield ze slim een oogje op de bezoekers. Ze klopte aan onze kamerdeur.

'Mevrouw van Dam, uw broer de dokter komt eraan.' Er klonk eerbied door in haar schelle stem. Ze had oom Simon eens aangeklampt met de vreemde mededeling dat ze 'druiventrossen op de borsten' had; wat kon ze daartegen doen? Korzelig had hij geantwoord dat ze maar naar haar eigen arts moest gaan, dat druiven niet op borsten groeiden.

Oom kwam binnen, zette zijn grijze goed met de zwarte band af en legde zijn beige jas over een stoelleuning.

Moeder en hij kusten elkaar vluchtig op de wang alsof ze bang voor besmetting waren.

'Ik ben wat aan de late kant. Hier Rebecca, een bosje Muscari Armeniacum ofte wel blauwe druifjes.' Moeder hield van deze bloemetjes.

Ze bedankte hem, vulde het ouderwetse lepelvaasje met de zilveren hals met water en zette de bloemetjes erin. Dat vaasje had de timmerman in Heemstede ook voor ons bewaard. Ik vroeg me af waar onze zilveren lepeltjes gebleven waren.

Oom tastte in zijn vestzakje en overhandigde moeder een tientje.

'Hier, voor jou is het leven ook duur.'

Hij keek verbaasd toen hij me in bed zag.

'Zo jongeman, wat doe jij daar?'

'Liggen oom.'

Hij vroeg moeder wat me mankeerde. Ze haalde de schouders op en trok een gezicht waarop duidelijk te lezen stond dat het onbelangrijk was. Ik voelde me tekort gedaan.

'Vlak voor de overkapping van station Haarlem is iemand voor een aankomende trein gesprongen. Dat had consequenties voor mijn trein naar Amsterdam. Op een ander perron moesten de reizigers op de eerstvolgende trein wachten, het kostte me verdorie ruim tien minuten.'

Moeder vond die vertraging onbelangrijk; die man of vrouw, dát was erg. Ze verweet oom egoïsme.

Onder een trein springen, opperde ze, was een bijzonder onelegante manier om het leven uit te stappen.

Oom trok een beledigd gezicht. 'Dit is nota bene de tweede keer in één maand dat er iemand voor een trein springt als ík op reis moet.'

Ik hoopte dat ze ruzie zouden krijgen, dan gebeurde er tenminste iets.

'Hebt u die man of vrouw nog gezien oom?'

Hij gaf geen antwoord. Peinzend draaide hij het ouderwetse pianokrukje met de verschoten roodfluwelen zitting omhoog, zodat de dikke stalen schroefdraad helemaal zichtbaar werd. Daarna liet hij de zitting wiebelen.

'Simon laat dat, je maakt me nerveus.' Resoluut draaide ze de zitting omlaag.

'Was het hoofd eraf?' vroeg ik.

'Alles was eraf, die krijgt nooit meer hoofdpijn.'

Hij stond op, liep op mijn bed af en vroeg of ik koorts had.

'Moeder, eh, ik bedoel, mevrouw weet niet waar de thermometer ligt.'

'Is het weer zover met jullie? Jij met je gemevrouw.' Met een spottend lachje keek hij haar aan.

Hij vroeg me of ik ergens pijn had.

Klagerig vertelde ik dat ik het erg warm had en dat mijn buik vlak bij mijn rechterlies zo'n pijn deed.

Hij ging op de bedrand zitten, sloeg de deken terug en trok ruw mijn pyjamabroek omlaag. Met zijn lange vingers drukte hij hard op mijn buik.

'Doet het dáár pijn?'

'Ja, precies daar.'

'Daar zit toevallig helemaal niks jongeman. Kleed je maar gauw aan, dan ben je nog een middag op school.'

Moeder zei dat we met ons drieën om kwart voor één brood zouden eten, daarna kon ik naar school toe. Ik herademde; die Franse repetitie was dan gelukkig al voorbij.

Op weg naar ons, vertelde oom aan moeder, had hij in lijn vijfentwintig een studiegenoot ontmoet, Gideon Rubinstein. Die was in negentienachtendertig met zijn vrouw naar Amerika gegaan, waar hij zich in de dermatologie had bekwaamd. Nu bezat hij daar een privékliniek. 'Gideon, die jou nog korte tijd achter de rokken zat, herinner je je dat nog, Rebecca?'

Ik spitste mijn oren.

'O ja?' Ze deed alsof ze het niet meer wist.

'Wat is dermatologie, oom?'

Hij legde uit dat het de leer van de huid en de huidziekten was.

Ik proefde de naam Rubinstein op mijn tong. Een prachtige naam, mijmerde ik, alsof de eigenaar vlak na zijn geboorte de Koh-I-Noor had ingeslikt en deze een leven lang met zich zou omdragen.

Oom draaide aan de knop van onze radiodistributie. Een vioolsolo weerklonk, op de achtergrond ruiste zacht het orkest.

'Het vioolconcert van Bruch, prachtig, even luisteren,' zei hij, 'hoor eens wat een warmte in die tonen. Zou Isaac Stern de solist zijn? Weten jullie dat Bruch tien jaar aan dat concert heeft gewerkt? Na een proefuitvoering twijfelde hij aan de kwaliteit ervan. Hij vroeg zijn vriend, de beroemde violist Joachim, het te beoordelen. Joachim overtuigde hem ervan dat het schitterend was.'

Moeder vroeg hem zijn mond te houden; het getuigde van weinig respect voor de uitvoerende musici als je tijdens een concert sprak.

Ik bedacht dat als die Joachim had gezegd dat de compositie een mislukking was, meneer Bruch tien jaar voor niks zou hebben geploeterd.

Het vioolconcert was beëindigd. De omroeper meldde dat de solist Isaac Stern was.

'Wat zei ik jullie?' riep oom voldaan en, wijzend naar moeder, 'weet je wat Carl Flesch zei?'

Ze haalde de schouders op.

'Es gibt keine blonden Geiger.'

Hij kwam weer bij mijn bed staan. Op spottende toon vroeg hij hoelang moeder dit keer een mevrouw zou blijven.

'Nog zes dagen.'

'Simon, wil je je daar niet mee bemoeien?' Ze keek nu werkelijk kwaad.

Ze vulde de fluitketel met water uit de vaste-wastafelkraan.

'Ik zet die maar in de gemeenschappelijke keuken op het gasstel, anders kookt het met Pesach nog niet.'

Ze ging de kamer uit.

Oom nam een plat flesje whisky uit zijn colbertzak, schroefde het open en nam snel een slok.

'Wat gaat u in Amsterdam doen oom?' Ik hoefde het niet te vragen, hij ging naar een vrouw toe, een hoer.

'Je weet best waarom ik af en toe naar Amsterdam ga, je wilt het alleen nóg eens horen. Ik ga een soepkip uitzoeken. Of ze nu peperduur of spotgoedkoop zijn, het zijn allemaal soepkippen.'

Hij keek op zijn horloge.

Moeder kwam binnen. Uit de kast nam ze theekopjes, schoteltjes en ontbijtborden.

Onder de deken lag mijn rechterhand op de gulp van mijn pyjamabroek. Een vreemde, opwindende spanning klopte in mijn onderlichaam. Ik kreeg het warm van de voorstellingen die door mijn hoofd jaagden.

Ik was jaloers op oom om wat hij over korte tijd zou gaan beleven.

Onder vreemd dak

'IK WEET NIET of ik een salamander mag hebben van tante Mieke en oom Piet,' klinkt mijn stem onzeker.

Midden negentiendrieënveertig is het. Met Karel en Theo, de twee broertjes van de grote boerderij aan de overkant van de vaart, ben ik op weg naar een sloot waar we salamanders gaan vangen.

Theo, die een grote glazen pot en een schepnetje bij zich heeft, legt me uit dat er altijd een kurk op het water in de pot moet drijven waar de salamander af en toe op kan zitten. Salamanders kunnen niet aldoor onder water blijven.

'Je moet de pot met een stukje gaas afdekken, anders gaat de salamander aan de wandel,' zegt Theo.

'Je kunt de pot ook afdekken met een stukje karton waarin je een klein luchtgaatje hebt geprikt, er moeten ook waterplantjes in, heb je visvoer?' vraagt Karel.

Ik opper dat ik stekeltjes ook wel leuk vind, die zwemmen zo snel en venijnig stoterig.

'Onze stekeltjes van de vorige week zijn al dood, ik snap er niks van,' zegt Theo.

'Ze doen het niet in gevangenschap,' merkt Karel op.

We lopen over een smalle weg. In een geur van hooi, mest en turf passeert een paard met wagen. Vanaf zijn hoge plaats op de bok knikt de boer ons toe. In de verte vaart een platte boot in onze richting; daar zit altijd zwarte, vochtige turf in. Op het gangboord lopen mannen met lange stokken die ze in het water steken. Zo komt de praam langzaam vooruit.

'Met ons drieën zijn we achtentwintig jaar,' zegt Theo.

Ik denk aan de week daarvoor, toen we met z'n drieën stekeltjes gingen vangen in het kleine meer. Onderweg vertelde Karel dat slakken het glas van een aquarium schoonhouden. Het groen aan de binnenkant van het glas, dat van de waterplantjes komt, is hun voedsel.

Bij het meertje aangekomen maakte Karel brutaal het touw los waarmee een oud roeibootje lag vastgemaakt. We roeiden naar het midden toe.

'Kijk eens aan deze kant!' riep Theo. 'Een hele school!'

Ik boog me voorover en wilde wat zeggen. Op dat moment viel mijn beugeltje uit mijn mond.

'Jeetje, mijn beugel is in het water gevallen!' riep ik ontdaan. Het was al heel lang niet meer door de tandarts bijgesteld. Mijn voortanden weken iets van elkaar en staken wat naar voren. Nu zou dat mijn hele leven zo blijven.

Tevergeefs tuurde ik in het water waarop veel kroos dreef.

'Joh, die ben je goed kwijt,' zei Karel.

Ik zag de wachtkamer van mevrouw Giessen, de Heemsteedse tandarts, voor me. Er lagen altijd leuke doosjes met kralenspelletjes. Ze verboog de beugel iets en zei dan dat mijn voortanden langzaam maar zeker naar elkaar toe zouden wandelen.

Bij de sloot gekomen turen we, op onze buik aan de oever liggend, in het water. Theo is heel behendig met het schepnetje. Binnen enkele minuten heeft hij vier salamanders te pakken. Karel keurt de vangst.

Hij pakt een grauw gekleurd exemplaar uit de pot en toont me de witachtige, gezwollen onderkant. Gelaten spartelt het diertje met de fragiele pootjes.

'Die moet terug, ze moet jongen,' constateert hij en geeft haar weer de vrijheid.

De mannetjes zijn mooi, de vrouwtjessalamanders van een kleurloos grauw.

Op de terugweg vertel ik dat ik voor mijn achtste verjaardag van mijn moeder een klein aquarium met twee bittervoorntjes had gekregen. Er lag wit zand in waarop enkele waterplantjes groeiden. Er was een doosje droogvoer bij. Na anderhalve week dreven de visjes levenloos op het water.

'Toen gaf ze me een goudvisje en een sluierstaartje.'

'Een sluierstaart? Da's duur!' roept Theo.

Tante Mieke staat in de grote tuin te wieden waarbij Jaap haar ijverig helpt.

'Ben je daar eindelijk?' roept ze geïrriteerd.

'Mag ik een salamander in een glazen pot hebben, tante Mieke?'

Het lijkt alsof Theo en Karel een beetje bang voor haar zijn, ze gaan enkele passen achteruit. Lang en benig is ze. Ze heeft een gezicht alsof ze voortdurend iets zuurs ruikt. Haar stem is hard en schel, soms doen mijn oren er pijn van.

'Daar komt niks van in, die vieze beesten springen de pot uit, dan vind ik ze later verdroogd onder een kast, bah.'

'En stekeltjes dan?'

'Niks geen stekeltjes.'

Schuchter merkt Theo op dat zijn moeder het niet erg vindt, als ze ergens in huis eens een uitgedroogd salamandertje vindt.

'Hier zijn wij de baas en dáár . . .' Ze wijst naar de imposante boerderij aan de overkant van het water. Ze maakt de zin niet af, duwt me haar schoffel in handen.

'Hup, wieden jij. Je drukt je maar, hè? Mot Jaap het weer opknappen?'

'Nou ajuus,' zegt Theo. Karel staat achter tante Mieke en Jaap koddige gezichten te trekken.

In de grote tuin heb ik met allerlei klusjes moeten helpen. Als ik het huis binnenkom, zit Jaap aan de huiskamertafel tekeningen uit Pietje Bell in te kleuren.

Dat boek heb ik als verjaardagscadeau van moeder gekregen.

Kwaad wil ik het hem afpakken, maar Jaap houdt het stevig vast. We trekken elk aan één kant van het geopende boek. Als ik het eindelijk te pakken heb, geef ik hem er een stevige mep mee op zijn hoofd. Jaap slaakt een overdreven schelle kreet.

Ik breng het boek in veiligheid op het zoldertje waar mijn bed staat.

Het relaas dat Jaap zijn ouders doet, klopt niet. Ik wil me verdedigen maar krijg geen kans.

'Als jij je bek opendoet... ik waarschouw je,' dreigt oom Piet. 'Hoe dúrf je mijn zoon aan te raken!'

'En nog wel op zijn hoofd,' roept tante Mieke paniekerig, 'terwijl hij verleden jaar die hersenschudding heeft gehad.'

'Hij heeft geeneens hersens, alleen maar leugens.'

Oom Piet roept dat de maat nu vol is. Onmiddellijk word ik naar het zoldertje gestuurd, waar ik als straf voorlopig moet blijven.

Vloekend haakt oom Piet de ladder af.

Een volle dag zit ik daar. Naar beneden gaan kan niet. De po begint te stinken, ook al staat die in het pokastje. Ik heb honger en dorst. Ik stel me voor dat moeder ineens aanbelt, hoe ze oom Piet en tante Mieke met een stok afranselt, zodat beiden het huis uit vluchten.

Dan ga ik maar weer eens in de Bruintje Beer-boekjes lezen, die ik nu wel uit mijn hoofd ken. De tekeningen zijn net een film, als je maar lang genoeg kijkt zie je Bruintje Beer echt bewegen.

Wàs ik maar Bruintje Beer, denk ik. Als die thuiskomt van zijn avonturen staat moeder Beer al achter haar fornuis chocolademelk te maken. Chocolademelk! Het water loopt me in de mond.

Ik vraag me af of moeder nog in de Beethovenstraat bij oom Salomon en tante Martha logeert. Die lopen nu alle drie met zo'n ster op hun kleren. Nico en Samuel natuurlijk ook.

Waarom heeft moeder al zo'n tijd geen brief geschreven, zou ze ziek zijn?

Tegen vijf uur 's middags van de tweede dag voel ik woede groeien. Ik probeer die te onderdrukken, staar uit het schuine dakraampje, stel me voor dat de hemel een enorm schilderij is, duizendmaal groter dan die ik vroeger thuis zag. Nu wordt er een sluierachtige witte verf op het blauw geschilderd.

Ik ben in de achterkamer van ons huis in Heemstede. De tuindeuren staan open. Moeder speelt piano en zingt erbij in een vreemde taal.

'Ik versta het niet!'

'Wees maar blij,' antwoordt ze lachend.

Weer kijk ik naar de lucht. Achter het blauw is de schilder bezig met een grauwgrijze kleur waarin regen zit.

Met tante Jet aan het Scheveningse strand. Ik logeer een paar dagen in Den Haag. Van haar mag ik wèl pootjebaden, als ik maar niet te ver ga.

'Niet aan je moeder verklappen hoor, het is ons geheim,' zegt ze knipogend.

Waarom schrijft tante Jet nooit?

'Als je ondeugend bent, krijg je een ring door je neus,' dreigde ze me vroeger weleens gekscherend. Wat bedoelde ze daar toch mee? Zou ze nog bij dominee geitesik in Den Haag wonen?

Bij het strand blijf ik.

Met opa en moeder op een zonnig Zandvoorts terras. Zojuist hebben we oma in het verpleeghuis bezocht. De ober verschijnt en vraagt wat ik wil hebben.

'Geef mij maar een glas whisky.'

Geschrokken gezichten van moeder en opa. In moeders boekenkastje staat een boek waarin ik weleens stiekem neus. Die ene zin is in mijn hoofd blijven zweven: 'De inspecteur antwoordde: "Geef mij maar een glas whisky."' Zouden Karel en Theo weten wat whisky is?

Koortsig blijven me gebeurtenissen uit mijn kleine verleden te binnen schieten.

Oma staat in de keuken in Heemstede. Met haar linkerbeen en -arm is het nooit helemaal goed gekomen.

Vanuit de tuin kom ik de keuken binnen. Ik heb twee ons lever gehaald. Het is nog een heel eind lopen naar de slagerij.

Oma vraagt me het zakje te openen.

'Kijk nu eens, je hebt *treife* lever gehaald! Oma heeft nog zó gezegd: niet gelardeerd.'

Met de hand die nog goed is begint ze de kleine stukjes spek uit de lever te peuteren.

Moeder komt de keuken binnen.

'Mama, wat staat u daar onsmakelijk in die lever te wroeten, zo plet u toch alles. Wie heeft dat treife beleg gehaald?'

Echt boos is moeder niet.

'Niet gelardeerd,' zegt ze tegen oma, 'is voor een kind van acht moeilijk te onthouden.'

'Hij heeft toch hersens?' moppert oma.

'Niet gelardeerd!' roep ik uitbundig.

Moeder pakt een gebakvorkje en neemt oma's werk over.

Wat raar, steeds zie ik oma's hand, moeizaam kleine stukjes spek uit de lever pulkend.

Zouden Theo en Karel me niet missen?

Op de overloop hoor ik voetstappen. Ik open het zware luik. Voor de vaste wastafel staat oom Piet zijn haar te kammen. Met een kwaad gezicht kijkt hij omhoog.

'Dicht dat luik, zeg ik.'

Onbeweeglijk lig ik op mijn knieën en staar naar dat boze gezicht daar beneden.

'Ben je verdemmesnogantoe doof?'

'Ik wil naar beneden toe, ik wil eten en drinken.'

Oom Piet zet zijn grote, rode handen in zijn zij. 'Als je dat luik niet dadelijk sluit, zwaait er wat.'

Ik sta op, kijk om me heen. Op het pokastje ligt een vierkant blad van grijs marmer. Met alle kracht die in me is til ik het op en wankel ermee naar het vierkante gat. Oom Piet staat er niet meer.

Met een klap als van een explosie raakt het stuk marmer de vaste wastafel die doormidden splijt. Beneden hoor ik tante Mieke angstig schel schreeuwen.

Ik gooi het luik dicht, dat geeft weer een harde klap. Ik ga erop staan.

Stemmen op de overloop, gevloek, geschreeuw. Het aanhaken van de ladder, zware voeten die de treden opbonken. Er wordt tegen het luik geduwd.

'Open met dat luik, stuk addergebroed.'

Onbeweeglijk blijf ik staan. Ik voel hoe er uit alle macht van onderen tegen mijn voeten aan wordt geduwd.

'Open verdomme!' gilt oom Piet met overslaande stem.

'O, die mooie wastafel, o, die mooie wastafel,' hoor ik tante Mieke almaar huilerig herhalen.

Ineens ben ik moe en ga op het luik zitten. Ik zou het pokastje erop moeten schuiven, denk ik, maar dan moet ik even van het luik af.

Hoe lang heb ik hier gezeten? Ik ben zeker in slaap gevallen. Het is donker en stil. Hoe laat zou het zijn? Ik druk mijn oor tegen het luik aan; op de overloop ruist het van stilte. Dan sta ik moeizaam op en strompel naar het bed.

Op dat moment klapt het luik omhoog. Oom Piet stormt op me af. Overal schoppen en slagen. Ik rol me ineen, bedek mijn gezicht met mijn handen, trek mijn knieën op. Mijn belager krijgt mijn arm te pakken en rukt er verwoed aan. Ik duw terug, trap van me af, maar tegen de brute boerenkracht ben ik kansloos. Een vuist raakt mijn gezicht. Iets warms loopt uit mijn neus en langs mijn mond. Dan een diepe, scherpe pijn in mijn linkerarm.

'Stop nou maar, stop!' roept tante Mieke. Al die tijd heeft ze, tot aan de schouders boven het trapgat uitstekend, het strijdtoneel gadegeslagen.

'Ik had 'em motte verzuipe, net as dat nest jonge katte,' gromt oom Piet hijgend.

Ik huil niet maar overal in mij bonkt het. Boven de elleboog is de huid van mijn linkerarm opengescheurd, het bloedt flink. Ik kan zó in het rozerode vlees kijken. Automatisch buig ik mijn arm, bal mijn linkervuist. Met de andere hand houd ik angstvallig mijn linkerpols vast. Heeft de rand van oom Piets grote zegelring mij gesneden?

Het bloed druppelt vanaf de elleboog op mijn broek.

'Hij mot naar de dokter.' Er klinkt angst door in tante Miekes stem.

'Dacht jij hier het hele huis te kunnen vernielen?' raast oom Piet.

'Rotzakken,' zeg ik schor.

Dat zal het allerlaatste zijn wat ik tegen hen zeg. Vastbesloten klem ik de lippen opeen.

Achterop de fiets op weg naar de dokter. Ik houd de arm nog steeds gebogen. Met de andere arm moet ik noodgedwongen oom Piet vasthouden. Het zal toch niet zó dichtgroeien dat ik hem nooit meer zal kunnen strekken? denk ik.

Ondanks alles heb ik een voldaan gevoel.

Het begint te regenen en te waaien. Nu moet oom Piet lekker tegen de wind in trappen.

Zelfs de kat weet dat ze bij slechte mensen woont. Ze had haar nest ver achter in de tuin tussen hoge struiken gemaakt. Toen oom Piet haar jongen ontdekte, had hij ze in een met stenen verzwaarde jutezak gestopt en die in de vaart geworpen. Dagenlang liep de moeder miauwend te zoeken, radeloos was ze. Toen ze tante Mieke voor de voeten liep, gaf die haar een trap.

Het beeld van Vlek rijst voor me op. Zouden de buren in Heemstede haar hebben genomen? Als katten kunnen denken, zou Vlek moeder en mij dan slecht vinden omdat we haar in de steek hebben gelaten?

Voor het doktershuis stapt oom Piet af.

'Als de dokter vraagt wat er is gebeurd, zeg je dat je bent gevallen, begrepen?'

Ik knik.

'Je bent een gevaarlijke kleine driftkikker, we motte je maar zien te loze.'

Hij trekt aan de ouderwetse koperen belknop. Diep in het huis klingelt het zwak.

'Wat is er gebeurd?' vraagt de dokter, verbaasd mijn arm bekijkend.

'Van de trap gevallen.' Het is alsof een ander het zegt.

Hij vraagt me de arm te strekken. Dat durf ik niet, dan zal de wond weer griezelig opensplijten.

'Kijk dan maar een andere kant op, gebeuren moet het toch, zet je tanden even op mekaar.'

Ik vestig mijn blik op een wit muurkastje, waarin achter glas allerlei enge, glimmende instrumenten liggen. Langzaam strek ik de arm.

De dokter staat op, neemt flesjes, doosjes en andere zaken uit het kastje. De geur van een ontsmettingsmiddel, een diepe, stekende pijn.

'Zo, daar gaan drie krammen in.'

Het duurt wel lang, maar echt pijn doet het niet meer.

Ik voel dat er een niet al te strak verband om de elleboog wordt gewikkeld en durf weer naar de arm te kijken.

De dokter is nu met pleisters bezig, hij knipt ze van een grote rol af.

'Als je gaat slapen moet je arm op een apart kussen steunen, begrijp je?'

Ik knik.

'Als de wond erg pijn gaat doen of gaat kloppen, moet je meteen bij me komen.'

Hij neemt een prop watten, opent een flesje, houdt dat even tegen de prop aan, dan bet hij voorzichtig het gestolde bloed bij neus en mond weg.

Hij staat op. Hij is ruim een kop groter dan oom Piet.

'Dat was een flinke val.'

Hij kijkt oom Piet aan. Die schraapt zijn keel en begint raar met zijn pet te frommelen.

'Als alles goed gaat kunnen de krammetjes er over een week uit.'

'Heb ik goed begrepen dokter,' antwoordt oom Piet.

'Dan nog iets. Het lijkt me verstandiger als je logé ergens anders heen gaat.'

Oom Piet kijkt nu naar de vloer, weer schraapt hij zijn keel.

Ergens anders heen? Naar huis wil ik. Wáár moeder nu ook woont, zíj is thuis, niet een húis.

Eindelijk lig ik, uitgeput, in bed. Ik heb zelfs brood en een glas warme melk gekregen. Tante Mieke brengt me een kussentje voor de arm.

Ik droom over mijn tocht van enkele weken daarvoor met Jaaps autoped. Tot bij de spoorbomen ben ik gekomen. Ik heb geen benul van de tijd. Het is een lange rit terug.

Bij de boerderij met de twee gouden weerhaantjes sta ik even uit te blazen. Op de brugleuning zit een kat te doezelen.

Dan begint de sirene op het dak gillend te loeien. Mijn hart slaat over. De kat valt van de leuning. Traag maar zeker zwemt hij naar de oever.

Keihard blijft de sirene onheil loeien; waar blijven de vliegtuigen?

Als ik bijna bij het huis ben, komen een woedende oom Piet en tante Mieke me tegemoet.

'Waar zat jij al die tijd?' Ruw rukt tante Mieke het autopedstuur uit mijn handen. Ik vertel waar ik geweest ben.

Met de vlakke hand slaat ze me in het gezicht. Pijn doet het niet, het gloeit alleen.

'Die autoped is van Jaap, daar heb jij vanaf te blijven.'

Slungelig is Jaap erbij komen staan.

'Jij hebt vanmorgen gezegd dat ik hem mocht lenen.'

Rustig, zonder zelfs met de oogleden te knipperen, beweert Jaap nu dat hij zoiets helemaal niet heeft gezegd.

'Vuil liegebeest!' roep ik.

Ineens heb ik een hark in mijn handen, ik haal ermee uit naar dat gemene drietal. Angstig hollen ze weg. Tot mijn verbazing merk ik dat ik ze niet achterna lóóp maar zweef. Nu ben ik zelfs boven hen. Angstig kijkt tante Mieke omhoog.

'Genade!' roept ze.

Ik schrik wakker.

Een vreemde meneer heeft me hierheen gebracht, een andere vreemde meneer komt me halen.

In de kleine voorkamer die alleen bij bijzondere gelegenheden wordt gebruikt, wacht hij op me.

Daar staat ook mijn kleine, kartonnen koffer waarop enkele

gekleurde afbeeldingen van Mickey Mouse zijn geplakt.

Mijn hele bezit bevindt zich in dit koffertje: kleding, schetsboeken, een doos met kleurpotloden, de boekjes van Bruintje Beer, de boeken van Pietje Bell en Dik Trom, een extra paar schoenen, pantoffels, tandenborstel en een foto van moeder.

Ik heb geweigerd afscheid te nemen, hoewel de meneer daarop enkele malen heeft aangedrongen.

We lopen naar het station. De meneer draagt mijn koffertje.

Dan zitten we in de trein. De meneer zegt dat het een lange reis gaat worden.

Hij plaatst mijn koffertje boven in het rek, zijn hoed zet hij ernaast. Hij gaat zitten en strekt zijn benen.

'Waarom brengt u me niet naar Amsterdam?'

'Dat kan niet.'

'Waarom niet?'

Er komt geen antwoord. De man tuurt naar buiten alsof hij nooit eerder bomen, greppels, weiden, sloten en koeien heeft gezien.

Een visite

ENKELE DAGEN NA mijn vijftiende verjaardag komt de tachtigjarige mevrouw Morpurgo bij ons op visite. Moeder en zij hebben elkaar een jaar daarvoor bij de joodse spiritistische vereniging leren kennen.

Ik loop naar beneden.

Diep gebogen staat ze daar, steunend op haar blindenstok. Ze heeft haar onafscheidelijke zwartwollen stola om. Door de bolle glazen van haar staarbril kijken haar sterk vergrote ogen me hulpzoekend aan.

'Dag mevrouw Morpurgo, hoe gaat het met u? Mag ik eerst uw stok?'

Snel breng ik haar stok naar boven. Daarna ren ik de drie trappen weer af. Het kost haar en mij enige tijd om de drie, gelukkig niet steile trappen, op te komen. Trede voor trede trek ik mevrouw Morpurgo onder haar oksels omhoog.

Ze is slechtziende en ze lijdt aan osteoporose, waardoor ze zo krom is als een hoepel.

Eindelijk zijn we boven aangeland. Moeder en ik ondersteunen haar op weg naar onze kamer.

‘Hè, hè, wat een klim, ik voel me alsof ik de Grossglockner zojuist heb beklommen, hoe gaat het ermee Rebecca?’

Moeder brengt haar hoofd dicht bij dat van mevrouw Morpurgo en ze zoenen elkaar.

‘Kind, kind, dat een mens zo krom kan trekken. Vroeger vond ik zo iemand een bezienswaardigheid, nu ben ik het zelf.’

Ze is, in tegenstelling tot moeder, allerminst in zichzelf gekeerd en heeft gevoel voor humor.

‘Het enige voordeel hiervan is dat ik af en toe een dubbeltje of een kwartje op straat vind. Laatst vond ik nota bene zelfs een gulden!’ Ze lacht.

Trots toont moeder haar de cake die ze in het kleine oventje op ons grote petroleumtoestel heeft gebakken. De cake ligt nog in de zwarte bakvorm.

Mevrouw Morpurgo’s donkere snor raakt de cake bijna.

‘Compliment Rebecca, dat ruikt heerlijk, zet maar gauw thee.’

Haar ingevallen tandeloze mond – ze kan geen prothese velen – maakt onafgebroken kauwbewegingen. Door haar hoge kaakranden lijkt het alsof ze voortdurend op roze kauwgom kauwt.

Van moeder weet ik dat het onbewuste zenuwtrekkingen van de oude dag zijn.

‘Hier schat, dat is nog voor je verjaardag.’

Ik krijg warempel een rijksdaalder. Ik bedank haar met een kus op de vele rimpels, me afvragend of er nog meer bij zullen komen. Het lijkt me ondraaglijk er zoveel te hebben.

Ik hoop dat ze vóór zessen vertrekt, dan kan ik bij ‘Batavo’ in de Rijnstraat nog een bouwplaat van de nieuwste Studebaker kopen.

Moeder zet de theepot in de theebeurs. De cake ligt nu op een langwerpige schaal.

‘Wat denk je,’ kwebbelt mevrouw Morpurgo opgewekt tegen moeder, ‘je kent mijn antieke dekenkist toch? Die met de uitgesneden ivoren olifantjes, vogels en bloemen erop. Die is minstens tweehonderd jaar oud. Het mag wel in de krant dat ik dat ding na jaren toch heb teruggekregen. Goudeerlijk zijn die mensen. Alles wat ik ze in bewaring heb gegeven hebben ze teruggegeven. Niets wilden ze accepteren als blijk van mijn dankbaarheid. Die komen in het licht, daar kunnen we zeker van zijn.' Ze loost een diepe zucht.

'En toen?' vraagt moeder enigszins ongeduldig.

'Toen?' Mevrouw Morpurgo's vergrote ogen kijken ons met een naar het lijkt verongelijkte uitdrukking aan. 'Waar had ik het precies over?'

'Over die antieke dekenkist.'

Ze knikt, blij dat ze de draad van haar betoog weer te pakken heeft. Ze vertelt dat de vrouw die vaak boodschappen voor haar doet gisteren voor de kist was gaan staan. Bewonderend waren haar handen over de ivoren reliëffiguren gegleden.

Moeder schenkt de thee in. Ze snijdt drie dikke plakken van de cake af en legt die op aparte schoteltjes.

Mevrouw Morpurgo neemt een slokje thee. Daarna hapt ze in de plak cake en mummelt deze weg in haar bevende mond.

'Ja, die vrouw heeft smoel op die kist, zoiets voel je. Toen zegt ze: "Als u iets overkomt hoop ik maar dat dit prachtige voorwerp niet in verkeerde handen raakt." Een *gotspe*, niet? Ik denk: je wilt die kist wel zo wegdragen. Ik zeg: "M'n lieve mens, ik ben je dankbaar voor die boodschappen, maar ik kleed me niet eerder uit dan dat ik naar bed ga." Had je haar gezicht moeten zien!'

Moeder knikt en beaamt dat de meeste mensen hebberig zijn en vaak openlijk voor die negatieve eigenschap uitkomen. Ze kijkt me daarbij even aan.

Ja, ik bèn hebzuchtig. Ik wil een elektrische trein, maar kom zelfs niet toe aan een opwindtrein. Ik wil nog veel meer; een eigen kamer, het kastelenspel, mooie kleren, een horloge en een kano om mee in de Amstel te peddelen.

Mevrouw Morpurgo vraagt me of ik het lied van de blinde ken die zingt over de papierrollen waarop alle antwoorden staan.

Ontkennend haal ik de schouders op.

' "Alleen ik weet die te vinden, maar ik kan niet zien," zingt hij.'

Ik knik alsof ik haar begrijp.

'Dat medaillon past mooi bij je donkerblauwe japon,' merkt moeder op.

Ik kijk naar het gouden medaillon om de gerimpelde, in plooien hangende hals. Haar met ouderdomsvlekken bezaaide handen houden het wat naar voren, ze knipt het voor me open.

Ik zie een kleine foto; het lachende gezicht van een oude man. De hoed die hij draagt is hem te groot, die zakt tot over zijn oren.

'Dat is Daniël.'

'Is?'

'Is!' reageert ze fel. Moeder knikt instemmend.

'Luister, kleine dwaas,' mevrouw Morpurgo trekt me speels aan een oor, 'hij is niet dood al heeft hij zijn omhulsel afgelegd. Overal vergezelt hij me.'

Zelden krijgen we bezoek maar áls er iemand komt draait het gesprek steevast op spiritisme uit.

'HIJ IS IN DEZE KAMER AANWEZIG.' Bij elke lettergreep klopt ze met haar benige knokkels op de tafel.

Moeder zwijgt. Mevrouw Morpurgo knipt het medaillon dicht, haar mond maakt snelle en heftige kauwbewegingen.

Doodstil is het in de kamer. Ik kijk naar de vellen die aan mevrouw Morpurgo's nek hangen, ze doen me aan overgekookte melk denken.

Ik staar naar de slinger van de eikehouten pendule, die we nog uit Heemstede mee hebben kunnen nemen.

We wachten tot de deur open zal gaan en meneer Morpurgo lachend binnen zal stappen, zijn te grote hoed in een beleefde groet lichtend.

Maar hij heeft immers geen lichaam? Misschien zit hij ons wel in een hoekje van het plafond zich verkneuterend te observeren.

Het gesprek kabbelt voort. Moeder vertelt onze bezoekster over mevrouw Joha, de kamerverhuurster. Die heeft onlangs gevraagd waarom we niet naar Israël gaan; nu hèbben we toch eindelijk een eigen land? 'Er wonen er daar al heel wat van jullie soort,' had ze letterlijk gezegd.

Ik zwijg, wetend dat mevrouw Joha van ons af wil. Haar broer, die fout was, is opgesloten. Haar schoonzuster bewoont hier de kleine zijkamer. Een broodmager vrouwtje dat als een angstige schim door het huis rent alsof ze bang is door moeder en mij gezien te worden. Ze heeft haar hele hebben en houden in Helmond moeten achterlaten.

Geen zier medelijden voel ik; de weegschaal is nauwelijks in evenwicht gekomen. Nu is het hun beurt. Jullie worden met zijden handschoentjes behandeld en het leven wordt jullie niet ontnomen, denk ik.

Moeder vertelt mevrouw Morpurgo dat die schoonzuster van mevrouw Joha niet fout was. Haar echtgenoot was een fervent NSB'er, zij was het nooit met hem eens geweest en nu toch de dupe.

'*Schwamm d'r über.*' Mevrouw Morpurgo gaat er niet op in. Moeizaam staat ze op en neemt haar wollen stola van een stoelleuning.

Zorgzaam drapeert moeder de stola om haar schouders. Ook ik sta op, want ik moet haar de drie trappen afhelpen.

Als ik weer bovenkom, zie ik tot mijn voldoening dat het pas kwart voor vijf is. Ik heb nog tijd in overvloed om de bouwplaat van het laatste model van de Studebaker te kopen. Vanavond zal ik met schaar en gluton een kleine autofabrikant worden.

Het opstel

De grote vakantie zat erop. De klas gonsde, iedereen wilde aan iedereen opgewonden vertellen waar hij of zij was geweest.

Flentrop, onze leraar Nederlands, Frans en Engels, kwam binnen. Hij had de wind er goed onder, die driftige maaglijder. Een dag vóór de vakantie had hij mijn rechteroor gemeen omgedraaid en mij zo meegetrokken naar de gang waar ik een uur met mijn gezicht naar de muur gekeerd had moeten staan. Alleen omdat ik zegge en schrijve één propje papier naar Jannie Hielkema had geschoten. Dagenlang had ik er oorpijn van gehad. Hij klapte in zijn handen; onmiddellijk werd het stil.

Hij vroeg mij naar voren te komen, overhandigde me een pak gelinieerd papier. 'Geef iedereen vijf velletjes,' beval hij.

Terwijl ik bij elke lessenaar tweemaal vijf velletjes aftelde, klapte hij weer in zijn handen.

'Wie nu zijn of haar mond niet houdt gaat de hele ochtend de gang op.'

Ik telde vijf velletjes af voor Bastiaan van der Linden, die rotzak met zijn gemene ogen die me aan een hyena deed denken.

'Neus,' siste hij zacht maar nadrukkelijk. Zijn hand maakte een snel gebaar voor zijn eigen neus om aan te geven hoe groot de mijne wel was.

Dat je de rest van je leven verlamd op je bed blijft, wenste ik hem zonder woorden toe, terwijl ik hem even strak aankeek.

'Jullie hebben allen wel een bijzondere gebeurtenis meegemaakt tijdens jullie vakantie,' zei Flentrop met stemverheffing. 'Om weer in het gareel te komen schrijven jullie daar een opstel over. Jullie hebben een uur de tijd.'

Ik legde vijf velletjes op mijn lessenaar en gaf het restant terug.

Gewoontegetrouw had Flentrop zijn ouderwetse gouden zakhorloge vóór zich op tafel gelegd.

Ik schoof mijn bank in, plantte mijn ellebogen op de lessenaar en steunde mijn hoofd in mijn handen; waarover moest ik schrijven?

Iedereen was al ijverig bezig. Flentrop kwam naast me staan. Ik zat alleen omdat ik gul was waar het afkijken betrof. Als ìk het wist waarom zou een ander zich dan moeten afbeulen? Voorwaarde was dat ik de jongen die naast me zat sympathiek moest vinden.

Flentrop maakte een ongeduldig gebaar van 'opschuiven'. Hij propte zijn korte, dikke lichaam naast het mijne. Ik schoof zo ver mogelijk van hem weg. Ik rook zijn transpiratiegeur.

'De anderen hebben al een half vel vol geschreven,' fluisterde hij.

Ik rook zijn bedompte adem en vroeg me af waarom zo iemand niet elk half uur met Odol gorgelde.

'Ik weet niet waarover ik moet schrijven,' mompelde ik. Op gedempte toon vroeg hij waar ik naar toe was geweest.

Ik haalde mijn schouders op en antwoordde dat we de stad niet uit geweest waren; ik had niets meegemaakt dat belangrijk genoeg was om over te schrijven.

'Er dient, hoe dan ook, een opstel te komen.'

De baby dient, hoe dan ook, geboren te worden. Die zin vloog zomaar mijn hoofd binnen en sloot mooi aan bij die van Flentrop.

'Het hoeft niet per se over een reis of een verblijf elders te gaan, je kunt bijvoorbeeld ook beschrijven wat je gisteren hebt meegemaakt.'

Op gedempte toon vertelde ik dat ik gisteren mijn oom, de dokter, uit Santpoort had afgehaald.

'Is dat even interessant, een oom die dokter is en die in Santpoort werkt. Een dokter heeft altijd wel iets interessants te melden.' In zijn stem meende ik iets van opluchting te horen doorklinken.

Ik haalde adem door mijn mond om de bedorven lucht uit de zijne niet te hoeven ruiken.

Ik legde uit dat mijn oom daar niet werkte, maar er patiënt was.

'Oh, zit dat zo,' reageerde Flentrop. Ik scheen meteen in zijn achting te zijn gedaald.

'Ik zal wel proberen wat over gisteren te schrijven,' beloofde ik mat.

Hij schoof moeizaam mijn bank uit. Ik herademde en schoof weer naar het midden toe.

Gisterochtend om kwart over negen wachtte oom Simon me op bij het toegangshek van het Provinciaal Ziekenhuis in Santpoort. In zijn linkerhand had hij een bruine papieren zak. Naast hem stond een verpleegster. Toen ze me zag aankomen groette ze me en ging weg.

'Dag oom, hoe gaat het met u?'

'Prima naar omstandigheden, jongeman.'

We liepen langs het hoge hek op het voetpad van de brede, met oude bomen omzoomde weg waaraan de inrichting lag.

Ik keek naar het langgerekte gebouw en wees er met mijn hoofd naar.

'Wat is het toch groot.'

'Nooit groot genoeg,' zei mijn oom.

Bij de bushalte wachtten we zwijgend. Na enkele minuten verscheen de bus die ons naar het station in Haarlem zou brengen.

Tot vijf uur zou hij bij ons blijven. We aten dan om één uur warm. Ik moest hem 's avonds terugbrengen en was dan om ongeveer half elf weer thuis. Oom vergoedde mijn reisgeld.

In de trein naar Amsterdam opende hij de bruin papieren zak en gaf me een grote sinaasappel. Ik legde deze naast me. In gedachten pelde hij de zijne, draaide daarna het raam omlaag en wierp tot mijn verbazing de gepelde sinaasappel eruit.

'Wat doet u nu?' riep ik.

Verbaasd keek hij naar de schillen die dwaas op zijn schoot lagen.

'O jee, ik was even in gedachten verzonken en ik had net zo'n trek in iets fris.'

Ik gaf hem de mijne. Hij pelde deze en gaf me de helft.

We passeerden het mooie gemeentehuisje van Halfweg, toen de grote suikerfabriek en even later de kistenfabriek met de slogan: 'Heeft ú al een kist, krat of vat van de PHOENIX gehad?'

Oom zweeg. Peinzend staarde hij naar buiten, hield af en toe zijn hoofd wat scheef en krabde achter een oor. Ik vroeg me af wat er in dat geleerde hoofd omging.

Hij gaf moeder een vluchtige kus op haar wang en zij gaf hem een vluchtige kus op de zijne.

Ik stelde me een boom met vele takken voor. Dat was onze familie geweest. Nu waren er nog drie takken over.

'Heb je iets onder de kurk, behalve de geest in de fles die je als rechtgeaard spiritiste ongetwijfeld bezit?' vroeg hij en gaf me een knipoog.

Nors antwoordde moeder dat er bij ons nooit een druppel alcohol aanwezig was. Ze knipte de theebeurs open en nam de theepot eruit.

'Welja, scheep me maar af met thee, Becca, of liever gezegd met water. Dat is goed voor de vissen.'

Toen hij twee kopjes thee had gedronken, wees hij op de piano.

'Mag ik?'

'Natuurlijk,' zei moeder.

Hij draaide wat aan de pianokruk, ging zitten en begon een etude van Scriabin te spelen. Af en toe steigerde zijn bovenlichaam alsof hij een halsstarrig paard bereed. Zijn lippen bewogen alsof hij praatte, dan weer sloot zijn mond zich en leek het alsof hij op iets kauwde.

De melodie had iets gekwelds; alsof een gevangene naarstig in het pikkeduister naar een uitweg zocht. Soms klonk er een berustende teleurstelling in. Dan weer leek het alsof de gevangene droomde dat hij vrij was, een fragiele droom.

Af en toe werden ooms lange vingers zelfstandige wezens die razendsnel over de toetsen dansten. Daarna werden het weer vingers, liefdevol de toetsen strelend.

Over zijn wang rolde een traan, waarvoor ik me schaamde, misschien omdat ik hem zag.

Ik keek weer naar zijn bewegende mond; scherpe neerwaartse lijnen liepen vanaf de neusvleugels tot onder de mondhoeken. Soms trilde zijn iets vooruitstekende onderlip even.

Hij speelde als in diepe trance, alsof Scriabins geest bezit van hem had genomen.

Ik dacht aan de avond in Haarlem waarop hij geanimeerd allerlei banale wijsjes voor die dikke hoer met dat te kleine hoofd had gespeeld.

Toen we om vijf voor zes in de trein naar Haarlem zaten, staarde hij met een mistroostige blik naar buiten waar, in de voorbij ijlende weilanden, de koeien in een lichtgrijs waas dicht opeen stonden.

'En zo gaan we allemaal vroeg of laat de mist in,' merkte hij op.

Ik schrok van zijn profiel dat bij deze lichtval iets vaals had gekregen. Hij was vermagerd, de jukbeenderen tekenden zich scherp onder de huid af.

Ik voelde dat ik hem moest afleiden, het deed er niet toe wat ik zou zeggen.

'Herinnert u zich de vrouw nog die op de avond waarop ik bij u logeerde een hele doos bonbons leeg at?'

'Je bedoelt Lien.'

Ik knikte.

'Onlangs is er een hoer in Santpoort opgenomen,' zei hij en betastte zijn kin alsof hij controleerde of die wel goed geschoren was.

Met nieuwsgierige verwachting keek ik hem aan.

'Die heeft zich vijfenveertig jaar liggende staande gehouden, tja, en nu is ze platgewalst, stapelmesjogge geworden.'

'Nog tien minuten!' riep Flentrop.

Ik schrok op, legde mijn pen neer en las de laatste woorden: 'stapelmesjogge geworden.'

Het schoolreisje

'WILLEN JULLIE ELKAAR niet zo ordinair overschreeuwen? Elly, sluit die grote mond eens, achter een sinaasappelkar zou je beter op je plaats zijn dan hier.'

Ruim een maand vóór de grote vakantie in mijn derde ULO-jaar zouden we ons eerste schoolreisje gaan maken. Elke leerling had ruim een jaar maandelijks een gulden in de vakantiepot gestort.

Flentrop had gevraagd wie van ons een suggestie had waarheen te gaan. Iedereen begon spontaan te roepen. 'Utrecht! De duinen bij Bloemendaal! Maastricht!'

Soms haatte ik Flentrop, niet alleen vanwege zijn bedompte adem. Daar kan een maaglijder niets aan doen, had moeder me gezegd. Flentrop was driftig, kon flink slaan, je oor gemeen omdraaien. Hij was dermate streng dat velen uit angst hun lessen er verbeten instampten. Ik beschouwde hem als twee personen in één lichaam.

Als hij in een vrij uur een verhaal voorlas, dan deed hij dat fantastisch; ik sloot de ogen en zag de mensen over wie hij vertelde. Zelfs de intonatie van de verschillende personen was perfect.

Als ik mijn Frans niet voldoende had doorgenomen, hoopte ik dat het boze oog – of erger – hem op de repetitiedag zou treffen.

Ik haatte hem en had tegelijkertijd een zwak voor hem.

Het was nu stil in de klas.

'Maastricht is te ver voor één dag. Degene die dat riep moet eens nakijken hoeveel kilometer die stad van Amsterdam verwijderd is en meer aandacht aan de aardrijkskundelessen besteden.'

Hij wees naar mij. 'Frans, heb jij een suggestie?'

'Heemstede, het Groenendaalse bos, het kleine dierenpark en de volière met tropische vogels. Het oude koetshuis is verbouwd, nu kun je daar zitten en iets gebruiken.'

Flentrop dacht even na en knikte toen. Hij vond het, ook gezien de korte reisduur, een goed idee.

'Hoe kun je zoiets doen . . .' Moeder schudde haar hoofd en keek me verwijtend aan. Het noemen van dat dorp gold voor haar al als zwaar treife.

'Het kwam zomaar in me op, ik dacht er nauwelijks bij na.'

'Dat is het juist, dat laatste.'

Zíj zal daar nimmermeer een voet zetten.

Op tien minuten afstand van het Groenendaalse bos lag onze kleine woning waar tot 1941 zo velen van onze naaste verwanten hadden gelogeerd. Tante Jet, tante Lies met de tweeling, tante Martha en oom Salomon, hun twee zoons, opa en oma. Ik bedacht dat zeil, vloerkleden, gordijnen en enkele meubelstukken van ons misschien nog in dat huis aanwezig waren. Een goed gesitueerde *gojse* mevrouw had het huis in 1942 gekocht. Wie wil er nu op zo'n ongeluksbodem wonen?

Op slinkse wijze zou ik de wandeling van de klas naar het bos zó leiden dat ze zonder het te weten langs míjn huis en tuin zouden komen.

Ik keek naar de kleine foto in het nepzilveren lijstje op het buffet. Een joch van twee of drie staat onvast op zijn beentjes, hij draagt een wit kruippakje met brede bretelletjes. Hij heeft lang haar en een wipneusje. Toen ik tien jaar was verscheen er langzaam en op onverklaarbare wijze een bochel in.

'Wat ben ik moe,' gaapte ik, 'ik ga maar naar bed.'

'En de bloedsomloop van de kikker dan? Die repetitie krijg je morgenmiddag, je moet het ook nog uit je hoofd kunnen uittekenen,' zei moeder.

Ik antwoordde niet, begon me uit te kleden terwijl ik zacht zong: 'In Holland staat een huis, in Holland staat een huis jaja, van je singela singela hopsasa...'

Ik schrok toen een forse mep mijn hoofd trof; de eerste fysieke afstraffing die ze me na de oorlog gaf. Met mijn eigen schoolagenda nog wel.

Ze verweet me dat ik wèl de tijd had gehad in een schoolschrift allerlei nonsens over auto's op te schrijven.

Die hele avond was ik bezig geweest bijzonderheden over de automodellen in mijn plakboeken in een apart schrift te noteren. Van elk model vermeldde ik de naam van de ontwerper en de motorbouwer (het was vaak moeilijk om daar achter te komen), het soort chassis, de cilinderinhoud, het benzineverbruik, het rijklaar gewicht, enzovoort.

'Ik zeg het voor je toekomst.'

Onverbiddelijk eiste ze van mij dat alles wat ik ondernam op de toekomst was gericht. We dachten dus ongeveer hetzelfde. Die plakboeken behelsden mijn nabije toekomst; steeds futuristischer gemodelleerd reden de auto's de tijd in.

Moeders foto-album echter was statisch, geënt op dood en verleden.

Ze merkte op dat ik me niet kon permitteren nog eens te blijven zitten.

'Dat van de zesde klas was Hitlers schuld, dat weet u best.'

Ze deed alsof ze het niet had gehoord en zei boos dat ik met al mijn gedroom een *luftmensj* zou worden die zijn verdere leven brood zonder beleg zou moeten eten. Het was haar opgevallen dat ik de laatste maanden zo'n grote *schnabel* had gekregen. Ze weet dit aan de slechte invloed van mijn medescholieren.

Ik wist dat ze de volgende ochtend om half zeven onvermurwbaar met het leerboek voor mijn bed zou staan. Terwijl ik mijn ogen nog uitwreef zou ik al hardhandig met de bloedsomloop van de kikker worden geconfronteerd.

Die avond kon ik de slaap niet vatten. Beneden ging zij de piano woedend te lijf.

'Arme Steinbach,' mompelde ik.

Maar meneer Steinbach was allang dood.

'Het staat dus vast: volgende week maandag gaan we met de hele klas naar het Groenendaalse bos.'

Moeder zweeg. Dagenlang bleef er een verwijtende blik in haar ogen; ze negeerde me nog meer dan ik gewoon was.

Het is toch *mesjoggaas* dat ze me wil verbieden een plaats te bezoeken die voor haar taboe is geworden? dacht ik.

'U hoeft heus niet zo te blijven kijken, het gaat toch door,' zei ik koppig tijdens de avondmaaltijd.

Ze schoof haar bord met *sjolent*, waarvan ze nog bijna niets had gegeten van zich af, stond op en ging naar de keuken. Ze kwam terug met twee moten meloen en ging zitten.

'Je grootvader was hier zo dol op.'

Ik schoof de pitten, samengeklit in een slijmerige brij, met mijn lepel van het vruchtvlees af.

Ze wees met de steel van haar lepel op mijn bord. 'Elke pit is een dode.'

Neurotisch als ik was begon ik werktuiglijk de pitten te tellen, ze stuk voor stuk uit de brij schuivend.

Mijn terugverrekijker sprong op haarscherp. De kamer verdween.

We wandelen op de langehoutenpalenpier. Ik kijk omhoog naar opa's tevreden gezicht, naar zijn kunstig omhooggekrulde witte snorpunten, naar zijn harde hoge boord waaronder zijn das aan een elastiek hangt. Blij ben ik met het ijsje waarop een gekleurd parasolletje prijkt. Scheveningen, zomer 1939, Wandelhoofd Wilhelmina.

Die maandag schijnt in Heemstede de zon. Kwetterend lopen we over de Binnenweg waaraan heel oude huisjes liggen. De smalle scheefgezakte ramen zijn soms zó laag dat het lijkt alsof ze de grond in willen.

We passeren het huis van de timmerman die gedurende de

oorlog onze gehavende vervloekte en gezegende oude piano heeft bewaard. Het is me niet gelukt langs mijn oude huis te komen; dat zou een rare omweg zijn geworden. Flentrop had dat zeker gemerkt.

We naderen Automobielbedrijf Gebroeders Smit & Co. aan het eind van de Binnenweg, vlak bij het kleine kasteelachtige gemeentehuis. Bij de ingang van de garage staan wat mensen samengedromd. Nieuwsgierig blijven we staan. Ik ben de eerste die de garage in loopt.

Er staat daar een wel heel bijzondere auto, ik zal dat niet weten, ik met mijn plakboeken vol uitgeknipte automodellen! Het is een Maybach Zeppelin, in zijn tijd alleen te vergelijken met een Rolls Royce.

Even later dringen vooral de jongens uit de klas zich er opgewonden omheen, de meisjes komen aarzelend de garage binnen maar tonen weinig interesse voor het pronkstuk. Flentrop kijkt verbaasd.

De caramelkleurige wagen heeft grote koplampen met lichtgeel glas die aan weerszijden van de imponerende radiateur-grille naast de spatborden zijn gemonteerd. Daaronder twee claxons als glanzende trompetten. Rechtsonder, vlak bij de plaats waar de nummerplaat hoort, bevindt zich een derde, kleinere lamp van donkergeel glas, een mistlamp. De wagen, die hoog op de wielen staat, heeft een linnen kap. Aan beide kanten van de lange motorkap troont een imposant reservewiel.

Wat een auto. Ik draai en draai er dromerig omheen.

Een meneer in een grijs kostuum komt op ons toe.

'Schoolreisje zeker?' Flentrop knikt.

'Deze wagen is op een geheimzinnige manier door de Duitsers hier achtergelaten,' hoor ik hem tegen Flentrop zeggen, 'vermoedelijk is hij van Rauter geweest.'

In een flits zie ik dezelfde wagen rijdend. Er zitten verwaand kijkende Duitse officieren in die naar een haag van opgewonden mensen zwaaien van wie een deel de hitlergroet brengt.

Het maakt me *galliesj*, ik wijk achteruit, waardoor ik tegen Flentrop en de vreemde meneer aanbots.

Dan sta ik buiten en adem diep in. De wind draagt de zoete geuren van het grote bloemperk voor het gemeentehuis naar me toe.

Die auto heeft mijn verdere dag *versjteerd*.

Ik zie mezelf thuiskomen. Niets zal ze vragen. Ze zal haar oorlog op de mijne blijven stapelen. In haar gezicht zal ik, dag in dag uit, die bevroren vuistslag blijven zien.

Verjaardag

OVER EEN PAAR dagen word ik twintig. Het valt op een zondag. Dan moet ik vroeg op om oom Simon uit Santpoort af te halen. Mevrouw Morpurgo zal komen. Misschien komt meneer Vleeschouwer, de voorzitter van de joodse spiritistische vereniging, ook.

Moeder gaat een chocoladecake bakken. Ik heb een paar flessen Victoria-bronwater met prik gehaald en een fles limonadesiroop. Dat is lekker, siroop in je glas en dan bronwater erbij.

Het wordt een hele kokerij voor moeder: soep met matzeballen ('goed gemeubileerde jiddische soep' zal oom weer opmerken), viskoekjes, aardappelen, sla met tomaten, geraspte komkommer en eieren erin. Als toetje een gelatinepudding met bessensaus. Een feestmaal.

Zaterdag zal ik de bessen moeten rissen. Daarna pureert moeder ze in een zeef, het sap wordt met suiker gekookt, zodat het dik wordt. Onze drie petroleumtoestellen zullen vrijwel onafgebroken branden. We mogen de deuren naar het balkonnetje wel de hele dag open laten staan, anders krijgen we hoofdpijn.

Moeder kookt niet graag in de keuken met die vreemden om haar heen.

Aan die prietpraat daar, zegt ze, heb ik geen boodschap.

Ik moet nieuw gaas en spijkertjes kopen; ons vliegenkastje op het balkon is kapot. Af en toe bewaren we daar eten in; als het koel weer is blijft het goed, maar vaak bederft het.

De ouders van Henk Waalhof, mijn favoriete collega op kantoor, hebben een kleine erfenis gekregen. Meteen hebben ze een koelkast aangeschaft, een Amerikaanse. Die kan zelfs ijsblokjes maken.

Ik vroeg me af hoe lang oom Simon nog in het gekkenhuis moest blijven. Waar zou hij moeten wonen als hij eruit kwam? Wie zou hem nog als dokter willen?

Boordevol vragen was mijn leven, niemand was me zo nabij dat ik antwoorden kreeg.

Op mijn werk zag ik vaak mensen lachen, soms konden ze er zelfs niet meer mee ophouden. Dan dacht ik aan moeder, oom Simon, mevrouw Morpurgo, de reeds jaren overleden mevrouw Pimentel. Die lachten zelden.

Ik dacht ook aan meneer Vleeschouwer, wiens grote overhangende neus bijna zijn kin raakte. Zijn ogen stonden altijd vol tranen, maar dat kwam omdat hij zo oud was.

Als ik al eens lachte dan was het met Henk Waalhof. In de bioscoop lachte ik om George Formby, Abbott en Costello. Buster Keaton lachte nooit, dat liet hij aan het publiek over.

Met grote letters had ik eens HIER WORDT NIET GELACHEN op een vel papier geschreven. Met het gele, doorzichtige plakband waarmee moeder haar oude bladmuziek repareerde, had ik het op de spiegel van onze vaste wastafel geplakt.

Toen ze thuiskwam, reageerde ze amper. Ze had me even aangekeken, het papier van de spiegel gescheurd en het ineengepropt.

Die zondag stond ik om zeven uur op, ik moest al vroeg in Santpoort zijn.

Ik schoof de gordijnen vaneen. Moeder sliep nog. Haar hoofd hing over de houten bedrand alsof ze was verdronken. Ik plaatste het kamerscherm zó dat er niet al te veel licht op haar gezicht viel.

Toen ik scheerkwast en scheerzeep van het plankje boven de wasbak pakte, raakten mijn vingers voor de zoveelste maal verward in moeders – bijna onzichtbare – nylon haarnetje dat daar altijd hing. Het was zo teer dat het bij de minste aanraking scheurde.

Hoewel ik alles zo stil mogelijk deed, werd moeder wakker.

'Ik heb weer per ongeluk in uw haarnetje gegrepen, kunt u het niet ergens anders ophangen?'

Ze stond op en bekeek de schade.

'Je bent toch niet blind? Morgen haal je van je eigen geld een nieuw.'

Ik knikte en begon me te scheren. Vanaf mijn zestiende had ik een zware baardgroei, moest me om de dag scheren. Vergat ik het dan bedekte een zwart waas mijn gezicht. Onlangs had moeder een driedelig Gilette-apparaat voor me gekocht. De vorige apparaten waren allemaal kapotgegaan omdat het goedkope krengen waren. De mesjes kocht ze op de markt, goedkoop spul, afkomstig uit Amerikaanse legervoorraden. Vaak bleef zo'n mesje haken tijdens het scheren doordat er een braampje in zat. Sommige exemplaren waren totaal verroest.

Ze bleef niet lang kwaad. Terwijl ik me schoor, zag ik achter me in de spiegel haar gezicht, waarop een goedkeurende uitdrukking lag.

'Ik ben vandaag jarig.'

'Dat weet ik, maar ik was kwaad om dat haarnetje.' Ze gaf me een zoen in mijn nek. 'Gefeliciteerd, vanmiddag krijg je je cadeautje.'

Ze pakte de broodtrommel uit het buffet.

'Je wordt al een echte man.'

Ik dacht aan Henk Waalhof, dàt was een echte man; hij deed 'het' vrij regelmatig. Hij had me verteld dat hij de meisjes eerst met een natte vinger lijmde. Hij sloot zijn rechterhand tot een vuist, stak zijn middelvinger omhoog, liet deze snel heen en weer gaan.

'Zo begin jij toch ook?'

Ik snapte het niet maar antwoordde: 'Natuurlijk.'

Hij was jaloers op mijn baardgroei.

'Wat moet ik verdomme met zo'n vlasbaard, zo kan ik geen snor kweken. Voel eens hoe zacht.' Hij pakte mijn hand en liet deze zijn gezicht strelen. Het speet me dat de aanraking zo kortstondig was.

'Voel je wel, de huid van een griet, vandaag of morgen moet die baard toch eens goed doorkomen.'

Kon ik mijn baardgroei maar inruilen voor de ervaringen die me pas echt tot man zouden bestempelen.

Toen ik tegen half twaalf met oom thuiskwam, was mevrouw Morpurgo er al. Hoffelijk begroette oom haar. Moeder en hij gaven elkaar een snelle kus.

'Kom eens bij me, jarige.' Mevrouw Morpurgo trachtte haar kromme, bevende armen te strekken. Ik moest me bukken om bij haar ver voorovergebogen hoofd te komen. Ze gaf me een zoen die vlak onder mijn oog terechtkwam.

'Van harte gefeliciteerd engel, dat je een lang en nuttig leven mag krijgen.'

'O mein,' voegde oom eraan toe.

Ze wees op een envelop die voor haar op de tafel lag. 'Dat is voor jou.' Er zat een bankbiljet van tien gulden in.

'Hier, je hobby.' Moeder gaf me vier onverpakte autobouwplaten.

'Dank u wel, moeder.' Natuurlijk had ze de verkeerde gekocht; twee modellen had ik nota bene al, maar wat wist zij van automodellen af?

'Mijn cadeaus, klein maar fijn, komen straks,' zei oom, 'eerst koffie en cake.'

Moeder ging naar het vliegenkastje. Ze kwam terug met een oranje gelatinepudding die ze voor mevrouw Morpurgo's neus hield.

'Prachtig kind, prachtig uitgevallen.'

Oom merkte op dat de pudding hem aan een grote kwal zonder tentakels deed denken.

'We krijgen straks een koningsmaal,' zei ik.

Moeder schonk koffie in en gaf ons een plak cake.

Nog drieëntwintig dagen en jij bent jarig, Rebecca,' zei oom.
Ze haalde de schouders op. 'Je weet dat ik daar al dertig jaar niets meer aan doe. Bespottelijke gewoonte om een langzame afbraak te vieren.'

Oom beaamde dit: een mens kon na zijn dertigste die jaarlijkse flauwekul beter nalaten.

Hij haalde een klein pakje uit zijn colbertzak en gaf me dat. 'Het eerste cadeautje.'

'Dank u wel, oom.' Ik maakte aanstalten van mijn stoel op te staan om hem een zoen te geven. Hij zag het aankomen; afwerend stak hij beide handen op.

Ik opende het pakje. Er zat een flesje aftershave in. Ik draaide de dop eraf. Het rook naar frisse, pittige kruiden. Voorzichtig sprenkelde ik enkele druppels op mijn hand en wreef over mijn gezicht, wat prikte dat prettig.

'Daarmee kun je de meisjes vangen.' Hij nam een slokje koffie en knikte me samenzweerderig toe.

Ik kreeg een kleur.

'Het wordt langzaamaan tijd dat je er eentje krijgt, jongen.' Hij nam het flesje aftershave en las voor wat erop stond: 'Une senteur subtile, fraîche, racée. Résolument masculine. Op mijn twintigste was ik, zoals hier staat "Resolument Masculin". Ik...'

Met de vlakke hand sloeg moeder hard op de tafel. 'Simon, hou op. Ten eerste is hij daarvoor nog veel te jong en ten tweede, wat heeft hij nu te bieden?'

'Hij heeft zichzelf te bieden.'

Even viel er een vervelende stilte.

Hij begon te vertellen over een bouwvallige kerk in Leiden, die totaal was uitgebrand. Hij zat met mede-patiënten in een autobus tijdens een dagtocht. De verpleegsters hadden hen toestemming gegeven uit te stappen om de bluswerkzaamheden gade te slaan.

Er was een enorme rookontwikkeling geweest, de brandweer had weinig kunnen uitrichten.

'Ineens begonnen de klokken te beieren, de touwen waren doorgebrand, die kerk luidde haar eigen doodsklok.'

We zwegen alledrie. Mevrouw Morpurgo mummelde op een stukje cake en maakte smakkende geluidjes.

'Tja, brand...,' zei oom, meer tot zichzelf. Hij dacht vast aan z'n huisje aan de buitenkant van Haarlem dat hij vorig jaar in brand gestoken had.

Ik zag zijn oude Bösendorfer-vleugel voor me, de vergeelde toetsen, het pedaal en de koperen trekstangetjes. Ik zag vlammetjes dansen op het diepglanzende bruine politoer dat smolt tot schuimachtige blaasjes. Dat hij zo'n nobel instrument dat jarenlang het beste had gegeven dat in hem was, zo maar had laten verbranden. Ik schrok toen hij me een harde por op mijn biceps gaf.

'Droomt hij weer?' vroeg moeder.

Oom vertelde dat hij me in de trein had geobserveerd; af en toe kreeg ik zo'n intens afwezige blik alsof ik in trance raakte.

'Je bent hem toch niet met je spiritistische flauwekul te lijf gegaan?'

Ze wierp hem een felle blik toe. Hij ontweek die en bekeek nauwlettend mevrouw Morpurgo.

'U bent een interessant geval van osteoporose. Welke medicijnen heeft u van uw arts gekregen tegen de pijn?'

Blij met die aandacht opende ze haar tas. Met bevende hand woelde ze rond in de chaos.

Met haar hand nog in de tas vroeg ze of er niets aan haar hoofd te doen was. Ze kon het niet meer oprichten, het zat helemaal vast. Ze kon alleen naar links en rechts kijken als ze haar bovenlichaam scheef hield.

Vaak was ze verward, maar nu sprak ze heel samenhangend.

'Dat uw kin als het ware aan het bovenste deel van uw borstbeen is vastgegroeid, tja, met die makkes moet u het de u nog resterende tijd doen. Doet u vooral voorzichtig, als u valt breken uw botten als biskwietjes. U bent vijfentachtig als ik me niet vergis?'

'Ja dokter,' antwoordde ze zacht en knipte de tas dicht.

'Kind, kind,' zei ze tegen moeder, 'wat gaat de tijd toch snel. 't Is nu alweer vier maanden geleden dat die arme Rachel is uitgetreden. Ik weet dat ze in het licht is, maar ik mis haar zo.'

'Rachel is ruim drie jaar geleden overgegaan Bettie, dat weet je toch wel?'

Mevrouw Morpurgo keek verongelijkt; moeder moest zich niet zo te sappel maken, zei ze; wat maakten die paar maanden nu uit?

'Zo, nu het tweede cadeautje.'

Oom haalde een klein, langwerpig pakje uit zijn binnenzak en gaf het me.

Begerig scheurde ik het papiertje eraf. In een zwartleren doosje lag op rood fluweel een horloge.

'Dat is uw eigen gouden horloge met een nieuw bandje erom, nu weet u niet meer hoe laat het is.'

Zijn mond vertrok tot een cynisch lachje. 'Maar al te goed weet ik hoe laat het is, bovendien hangt in elke zaal een elektrische klok.'

Ik toonde het platte, vierkante horloge aan moeder en mevrouw Morpurgo.

Ze vertelde dat ik het horloge dat ze me voor mijn achttiende verjaardag had gegeven, vernield had.

'Dat flik je me toch niet met deze kostbare Longines, hè?'

Ik verdedigde me; de kroontjespen waarmee ik getracht had het af te stellen, was uitgegleden.

'Vroeger was mijn grote hobby het repareren van horloges,' begon oom, 'op de oude rommelmarkt aan het Waterlooplein, jij hebt die nooit gekend, kocht ik voor een habbekrats horloges die kapot waren. Die sloopte ik voor de onderdelen. Elke uurwerkenfabriek heeft namelijk zijn eigen kaliber onderdelen. Ik schafte me miniatuurgereedschap aan en een loep. Soms lagen er wel tien horloges op reparatie te wachten. Vrienden gaven me horloges van hún vrienden en ga zo maar door.'

Ik vertelde dat het door mij per ongeluk vernielde horloge van het merk Gisa was. Oom zei dat dat een inferieur pen-anker was. De winkelier had moeder er destijds dus mee bedrogen. Hij scheurde een velletje papier uit zijn agenda, tekende een wieltje met iets ernaast dat op een heel kleine passer leek. Hij legde uit dat dit de 'pennegang' was.

'Rebecca, geef me eens een scherp aardappelmesje.'

Hij legde het horloge omgekeerd op de tafel. Voorzichtig zette hij de dunne rand van het mesje tussen deksel en kast.

Ik kon een uitroep van verbazing niet onderdrukken: de snel bewegende radertjes leken ook wel van goud.

Met het mespuntje wees oom op de minuscule rode steentjes. 'Kijk, daarin draaien de uiteinden van de assen. Zie je die ragfijne spiraal? Per etmaal pulseert dat nietige veertje zo'n zesentachtigeneenhalfduizend keer. Tezamen met deze twee vuurrode steentjes die in dat rad grijpen, vormt het het ankerechappement. Steeds als één van beide steentjes het rad opduwt is een seconde voorbij. Vind je ook niet dat zo'n uurwerk iets van een menselijk organisme heeft?'

Toen hij het dekseltje op de kast duwde hoorde ik een klik.

'Nu weet je hoe het werkt, maak het nooit zelf open. Wind het altijd op dezelfde tijd op, dat is het beste.

Hij legde me de werking uit van de clepsydra, de waterklok uit de Griekse oudheid.

Moeder onderbrak hem. Waarom moest hij continu het woord voeren? Met tegenzin onderbrak oom zijn relaas.

'Maar een klein deel van dat water verdampt toch, oom?'

'Wel verdraaid,' foeterde ze, 'ga jij nu verder? Jullie kunnen er straks in de trein toch over praten? Wat een ongein.'

Er werd geklopt.

'Verwacht je nog iemand?' vroeg oom.

Weer werd er geklopt.

'Ja, ja, binnen,' riep moeder geïrriteerd.

Aarzelend werd de deur geopend. De schoonzuster van mevrouw Joha verscheen. In al die jaren was ze nog nooit onze kamer binnen geweest.

Ze sloot de deur en bleef ertegenaan geleund staan alsof ze op haar executie wachtte. Haar linkerhand omsloot een klein goudkleurig pakje.

Ze had een klein hoofd, haar gezichtshuid was vreemd rood alsof deze langdurig aan felle zon had blootgestaan.

De kleur van haar lichte, bijna doorschijnende ogen had ik nooit kunnen bepalen. Ik bleef ze griezelig vinden. Door het dunne grijze haar zag ik de schedelhuid glimmen.

Ze droeg een zwarte japon die haar te ruim om het magere lijf zat en zwarte kousen en schoenen. Om haar verlepte hals zat een zwartfluwelen *col de chien*. Je kunt haar eraan ophangen, dacht ik.

'Wie is dat?' vroeg mevrouw Morpurgo. Ze trok haar bovenlichaam scheef en vestigde haar door de staarbril vergrote ogen op de bezoekster die nog verder ineenkromp.

'Dat is mevrouw Joha, de schoonzuster van de kamerverhuurster, dat weet je toch, Bettie?'

Met een korte ruk haalde mevrouw Morpurgo de schouders op. 'Ik heb nooit de eer gehad deze mevrouw te ontmoeten.'

Ze begon dement te worden. Dan vergat je bijna alles, had moeder me verteld. Je wist niet eens meer welke dag het was of hoe laat. Gedeeltes van je leven werden zomaar uit je herinnering gewist. Daarentegen begon je je veel meer dingen uit je vroegste jeugd te herinneren.

'Let maar eens op haar gezicht,' had moeder gezegd, 'dat wordt almaar leger.'

Oom, moeder, mevrouw Morpurgo en ik staarden verbaasd naar het vrouwtje dat tegen de kamerdeur geplakt leek.

Geluidloos, zonder mijn tong te bewegen, sprak ik: Hier staat de vrouw van een NSB'er. Hij heeft een paar jaar vastgezeten. Nu is hij vrij en heeft een andere vrouw genomen met wie hij naar het buitenland is vertrokken.

'Dag mevrouw Joha, hoe maakt u het?' Oom stond op, liep op haar toe en gaf haar een hand.

Dit scheen haar enige moed te geven. 'Goedemiddag dokter, gefeliciteerd met de verjaardag van uw neef.' Ze liep naar moeder, gaf haar een hand en feliciteerde haar.

Toen ze mevrouw Morpurgo een hand wilde geven, schoof deze haar stoel achteruit, trok haar schouders scheef en richtte haar blik op de indringster.

'Gaat u alstublieft weg.'

Mevrouw Joha schrok.

Oom wees op mevrouw Morpurgo. 'Trekt u zich maar niets van haar aan, mevrouw Joha, ze heeft een fikse borrel achter de kiezen.'

'Simon, hoe kún je!' riep moeder.

Aarzelend kwam mevrouw Joha naar me toe en gaf me een warm, vochtig handje. 'Van harte gefeliciteerd Frans, mag ik je een kleinigheid geven?'

Ze overhandigde me het goudkleurige pakje.

'Dank u wel,' hakkelde ik.

'Maak open, maak open!' riep mevrouw Morpurgo opgewonden, alsof het voor haar was bestemd.

We bezaten maar vier stoelen; de geefster moest blijven staan.

Ik ritste het papier los. Een langwerpig blauw doosje kwam tevoorschijn. Ik opende het: er lag een blauwgrijs gemarmerde vulpen in. Voorzichtig schroefde ik de dop eraf, een gouden pen fonkelde.

Beteuterd keek ik de geefster aan, 'dank u wel'.

Mijn chef op kantoor had er ook zo een. Vaak zag ik hem de pen vullen; de inkt werd in een rubberen reservoir gezogen.

Zulke kostbare cadeaus had ik nog nooit gekregen.

Mevrouw Joha keek naar de cake. Zenuwachtig frommelde ze haar handen ineen.

'Nu, dan ga ik maar, nog een prettige middag allemaal.' Onhoorbaar sloot ze de deur.

'Laat eens zien.' Oom pakte me de vulpen uit de hand en onderwierp deze aan een nauwkeurige inspectie.

'De houder is uit één stuk geboord, een Art Deco-achtig ontwerp. Een onvervalst echte Parker. Die penpunten werden vroeger met de hand gespleten.' Hij gaf me de pen terug.

'Als dit maar niet van joden is gestolen.'

'Klets niet,' zei oom. 'Kijk eens, het garantiebewijs ligt nota bene in het doosje, het is een splinternieuwe.'

Ik hield vol dat de pen dan wellicht van aan joden ontnomen geld was gekocht.

'Je lijkt verdorie je moeder wel. Als je er nu niet over ophoudt, confisqueer ik dit object.'

'Daniël, mijn man, had ook zo'n soort vulpen,' merkte mevrouw Morpurgo op, die weer een van haar heldere momenten had.

Oom gaf me een rijksdaalder. Daarvoor moest ik een potje

Parker vulpeninkt kopen. In zo'n dure pen mocht geen goedkope inkt, dat ging aankoeken.

Ik zwaaide met de pen. 'Wie weet hoeveel cheques ik hiermee nog zal tekenen!'

'Wat, tekent hij al cheques?' vroeg mevrouw Morpurgo. Ze begon weer over Daniël, iets over valse cheques, maar het verhaal werd zo verward dat we er geen touw aan vast konden knopen.

Met veel mimiek plaatste ik een denkbeeldige handtekening.

'Hup,' riep ik, 'een cheque getekend voor de aankoop van een Packard Clipper.'

Meewarig schudde moeder het hoofd, '*mach schtos wen de was verdienst*.'

Oom merkte op dàt ik toch verdiende.

Smalend antwoordde ze dat dat geen naam mocht hebben.

Hij zei dat ze niet zo moest vitten, dit was een feestdag. Hij tastte in zijn colbert, nam er het mij bekende platte whiskyflesje uit, schroefde het open en nam een snelle slok.

'Simon! Doe dat maar ergens anders.'

Hij toonde haar een triest lachje. 'Dacht je soms dat ik even de gang op zou gaan voor dat slokje?' Hij schroefde het flesje dicht en stak het weg.

Moeder keek kwaad. Ze zei dat ze hem niet wilde zíen drinken.

'Als je goed had geluisterd had je het me ook kunnen horen doorslikken.' Hij legde haar uit dat af en toe een slokje beslist geen kwaad kon.

'Wil je me *von schtiel und benk reiden*?' vroeg ze met forse stemverheffing.

'*E schtim wie 'n'egle 'arufe*,' spotte hij. Als ze ruzie kregen gingen ze op het Jiddisch over – of was het een boosaardig spel?

Met moeite beheerste ze zich. Gekalmeerd zei ze dat hij hard voor zichzelf moest zijn; zijn toekomst ging eraan.

Hij repliceerde dat zijn toekomst al achter hem lag, tikte met een hand op zijn wang en verklaarde dat hij reeds tot de trompetterspier in het graf stond.

Ik vroeg me af waartoe die spier diende.

II

De aanraking

—

Om één uur die middag zou Sientje komen. We zouden in mijn huurkamer brood met een omelet eten.

Ik stond voor het raam naar haar uit te kijken; waar bleef ze? Voor haar had ik een vrije dag genomen.

Ik besloot verder te gaan met het ordenen van een koffer met paperassen. Bovenop lag een foto die ik op mijn dertigste van mezelf had laten nemen. Ik vond dat ik er nog precies zo uitzag als vijf jaar geleden; mijn rimpels bleven aan de binnenkant. Mijn hospes en hospita waren afwezig, hun twee kinderen naar school. Nu voelde ik me wat vrijer in hun keuken.

Daar kwam Sientje, wat liep ze traag. Ik ging naar beneden. Ze zag er prachtig uit – de prinses uit de gouden kooi. Ze droeg een lichtblauwe mantel. Haar gitzwarte lange haar had ze opgestoken. Als een kroon prijkte daarin de schildpadkam met de geslepen glittersteentjes.

'Sientje heeft wel een half uur naar die gekke Nieuwtonstraat lopen zoeken,' zei ze klagerig.

'Tienmaal heb ik je het uitgelegd en bovendien heb ik het nog opgeschreven.' Mijn stem klonk geïrriteerd.

'Toch was het moeilijk voor Sientje.' Verontschuldigend glimlachte ze. Over zichzelf sprak ze altijd in de derde persoon.

We gingen naar mijn kamer. Ik opende de kastdeur. Op de plank bovenaan ontdekte ik een aantal kartonnen dozen.

'Is er iets?' vroeg ze.

'Ja, die dozen stonden er gisteren niet.'

Ze nam een hangertje uit de kast en hing haar mantel er zorgvuldig overheen.

Mijn katten besnuffelden haar schoenen.

'Het is een nieuwe van de Bonneterie, als je katten erop gaan zitten kan Sientje hem afschrijven.' Voorzichtig hing ze de ongetwijfeld dure mantel tussen mijn schaarse kledingstukken.

Nieuwsgierig nam ik een doos van de plank. WEHKAMP stond er op. Er zaten allemaal damesslipjes in. Ik pakte de andere dozen die bh's en step-ins in verschillende maten bleken te bevatten.

Sientje vroeg of de dozen echt niet van mij waren.

'Wat zou ik daarmee aan moeten? Mevrouw Hekking moet ze gisteren in mijn kast hebben gestopt. Ze moet met haar slonzige poten uit mijn kast blijven.'

Achterdochtig keek ze me aan. 'Waarom stopt ze háár ondergoed in jouw kast?'

Geduldig legde ik uit dat dit mevrouw Hekkings ondergoed niet kon zijn, ze had toch niet tien verschillende maten?

Zover had Sientje nog niet doorgedacht. Wat ze aan hulpeloze schoonheid te veel bezat, had ze te weinig aan intelligentie.

Ik foeterde dat ik nog nooit ergens werkelijk rustig had gewoond; altijd gebeurden er weer irritante dingen.

Mevrouw Hekking was dik en slonzig, ze transpireerde overmatig. Ze was een Rotterdamse van origine, ze sprak zangerig en plat met veel taalfouten.

Meneer Hekking was boekhouder, een iel mannetje met dikke brilleglazen waarachter zijn ogen op minuscule visjes in een te klein, rond aquarium leken. Het ging niet goed tussen die twee. 's Avonds laat waren er forse ruzies. Hij was niet tegen haar opgewassen. Het werd tijd dat ik weer een ander onderkomen zocht. Mijn Newtonse jaar zat erop.

Sientje was gaan zitten en bekeek met een verveelde uitdrukking haar lange, zalmkleurig gelakte nagels. Ik zette de broodtrommel op tafel, de margarine, messen, vorken en borden. Ik vroeg of ze wat boterhammen wilde snijden en smeren, me ervan bewust dat ik bijna het summum van haar huishoudelijke kunnen verlangde.

Ik deed een klontje margarine in de koekepan, nam twee eieren en vertrok naar de keuken.

Sientje was vijfentwintig. Samen met haar vader bewoonde ze een prachtig benedenhuis aan het eind van de Churchill-laan, vlak vóór het Muzenplein. Haar ouders waren gescheiden. De moeder was hertrouwd en woonde in Zeist.

Vroeger was Sientjes vader diamantslijper geweest, hij werkte allang niet meer. Plotseling was er geld in de familie gekomen. Hij hield er een zeer jonge vriendin op na, die in Betondorp woonde. Sientje kon haar niet uitstaan.

Verder dan de vijfde klas van de lagere school had ze het niet kunnen brengen. De woning schoonhouden, boodschappen doen, koken, ze wilde of kon het niet. De vader sjouwde af en toe met boodschappen, soms kookte hij. Viermaal per week kwam er een volle dag een oudere vrouw die als huishoudster fungeerde.

'Sientje kan niet koken,' had ze me eens bekend. Op haar gezicht lag een triest lachje. Toen ik een roman voor haar meebracht vroeg ze of er plaatjes in stonden.

'Sientje kan geen moeilijke boeken lezen.' Weer trok ze die aandoenlijk trieste mond. Op haar gezicht lag een verontschuldigende uitdrukking.

Ik sloeg mijn armen om haar heen en fluisterde in haar haar (dat altijd naar honing rook): 'Het geeft niet, het geeft echt niet.'

Nooit zou ik mijn liefde voor klassieke muziek, voor de gedichten van Bloem en Vasalis met haar kunnen delen.

Toen ik haar kamer voor het eerst zag was ik stomverbaasd. Een gouden kooi, dacht ik. Het brede bed leek van doublé. De sprei was met gouddraad doorweven. Ook de kaptafel was goudkleurig, evenals het ranke stoeltje ervoor. Op haar toilettafel stonden potjes, flacons en doosjes, de meeste goudkleurig of op z'n minst met goudkleurige dop of deksel.

Gekscherend had ik haar een ekster genoemd. Meteen moest ik uitleggen waarom.

Ze was van een ranke, verfijnde schoonheid en deed me aan Goya's schilderij van Doña Isabel denken. Ze werd enorm verwend, haar vader scheen niet bij machte haar iets te weigeren. 'Mijn mooie pop,' noemde hij haar.

Vrijdagavond gingen Sientje en ik dansen, dan haalde ik haar af. Meestal was ze nog bezig zich op te maken.

Een enkele keer lagen wij in het doublé bed. Ze wilde uitsluitend op bepaalde plekken worden gestreeld. Dàt kwam me goed uit, want in het andere was ik vaak een faler. Ze streelde ook mij, hoewel ik mijn beslissende moment zelf moest bewerkstelligen.

'Houd je van Sientje?' vroeg ze dan.

'Ik weet het niet. Je ontroert me als je je zo verontschuldigt omdat je iets niet begrijpt of kunt. Hoe je me dan aankijkt.'

'Mevrouw Hekking, kunt u straks even boven komen? Ik wil weten waarom u gisteren die dozen in mijn kast hebt gezet. U hebt niet het recht in mijn kamer te komen.'

Met een bezweet gezicht stond ze in een pan met soep te roeren.

'Ssst, praat niet zo hard, ik zal het u straks uitleggen, zeg asjeblieft niks tegen mijn man.' Ze maakte een onzekere, nerveuze indruk.

Twintig minuten later klopte ze.

'Nu klopt u netjes aan, gisteren bent u hier brutaalweg binnengedrongen.'

Ze ging tegenover me zitten en plantte haar korte, blote benen met de bolle kuiten ver uiteen. Haar korte jurk schoof op, zodat ik in haar kruis keek en haar witte slip zag; het leek wel een luier.

Omstandig legde ze uit dat haar man niets van die dozen mocht weten. Mochten ze er tot morgenavond blijven staan? Dan kwam haar vriendin Petra ze ophalen.

'Wat doet u met al dat ondergoed?'

Ze legde uit dat ze een geweldige korting bij Wehkamp had

gekregen. Haar vriendin zou het spul met een kleine winst doorverkopen. Met klem verzocht ze me nogmaals er niet met haar man over te praten. Terwijl ze dat vroeg plantte ze haar voeten nog verder uiteen. Met haar hele logge lichaam leunde ze achterover. Ik vond er niks aan.

'Ik doe het om mijn huishoudgeld wat aan te vullen.'

Ze kon niet met geld omgaan. Van de flapuit Petra had ik gehoord dat beide dames regelmatig 's middags in de stad op stap gingen en hun tijd in louche cafés verdeden.

Na de scheiding, want daar draaide het op uit, zou Wehkamp de schriele boekhouder een rekening van vierduizend gulden presenteren.

'Ik ben geen Judas, ik verraad u niet, maar flik het niet meer in mijn kamer te komen. Ik betaal meer dan de helft van jullie huur.'

Opgelucht stond ze op. Haar billen bewogen als reusachtige hamschijven onder haar strakke bloemetjesjurk. Haar bovenarmen deden aan baby-lijfjes denken.

Toen ze weg was luchtte ik de kamer.

Op straat, in de tram, in winkels en warenhuizen, overal kreeg Sientje overdadige aandacht van mannen van elke leeftijd. Het maakte haar bang en onzeker. Vaak chaperonneerde ik haar bij het inkopen doen. In één middag spendeerde ze waarvoor ik twee maanden uitzendklussen moest verrichten.

Haar vader stelde voor dat ik eens met haar naar het Cultuur- en Ontspannings-Centrum aan de Korte Leidsedwarsstraat moest gaan. Daar, legde hij uit, kwamen mannen die van mannen en vrouwen die van vrouwen hielden. Sientje zou er niet 'achterna worden gezeten,' zoals hij het uitdrukte.

Voorlopig zou ik haar begeleiden, daarna kon ze er af en toe 's avonds alleen naar toe. Hij vond dat ze zelfstandiger moest worden.

Ik had (dat was vervelend) een verplichting aan hem. Eens per week at ik bij hen. Vorstelijke maaltijden die de joodse huishoudster bereidde. Ze kookte even goed als mijn moeder destijds. Keer op keer probeerde hij me een bankje van vijfentwintig toe te stoppen met zijn onveranderlijke slogan 'voor een boek of een grammofoonplaat.' Ik bleef weigeren; zo'n geste accepteren schiep nog meer verplichtingen.

Sientje zat zich op te maken. Gezeten op de rand van het doublé bed wachtte ik en keek toe. Die avond zouden we voor het eerst naar het COC gaan. Haar vader had daar blijkbaar connecties. Hij gaf ons een lidmaatschapskaart waarop onze naam en geboortedatum al stonden vermeld. Hij had mijn lidmaatschap betaald.

'Wat moet je daar doen, worden er films gedraaid?' vroeg ik.

Hij vertelde dat er een bar was. Er werd ook gedanst. Je hoefde niet per se aan de bar te gaan zitten. Om de dansvloer waren tafeltjes en stoeltjes gegroepeerd.

Het duurde nog zo'n half uur alvorens Sientje zich helemaal had opgetut. Ze was neurotisch precies, het geringste stofje of vlekje diende minutieus verwijderd.

Eindelijk stak ze de fascinerende glitterkam in haar opgestoken haar. Ze trok een nauwsluitende zwartfluwelen japon aan en vroeg me de rits te willen sluiten.

De japon had een bescheiden decolleté maar liet aan de rugzijde het gehele gedeelte onder de schouderbladen vrij.

Zoals ze daar voor me stond verwachtte ik elk moment dat er veelkleurige vleugels uit haar tere schouderbladen tevoorschijn zouden schieten en ze als een grote, exotische vlinder aan me zou ontsnappen. Ze tipte wat parfum achter haar oren.

Ze liep naar de grote kledingkast en nam er een kort persianerjasje uit.

Haar vader kwam binnen.

'Een sprookje! Pop, wat ben je prachtig!' Zijn goedige mond trilde. Hij zag dat ik op mijn horloge keek. Het was inmiddels kwart over negen. Hij wilde een taxi bellen. Ik opperde dat we best met de tram konden gaan, een taxi was toch veel te duur?

'Voor wie, voor jou?' merkte hij op.

Hij pakte zijn portefeuille en stak Sientje twee biljetten van vijfentwintig gulden toe, erbij voegend dat die voor ons beiden waren.

De taxi bracht ons snel naar de Korte Leidsedwarsstraat. De deur van de 'besloten sociëteit' was gesloten. Ik belde aan. In de vestiaire gaven we onze jassen af en legitimeerden we ons.

Vlak bij de ingang van de grote zaal stond een oude man met schoensmeerwenkbrauwen en een pruikje dat op een dof, zwart petje leek. Zijn roze, bepoederde gezicht was net een gerimpeld appeltje.

Hij stond voor een tafeltje waarop allerlei boekwerkjes lagen. Angstvallig hield Sientje mijn mouw vast.

'Bent u hier voor het eerst?' vroeg de man. Hij sprak heel zacht en uiterst beschaafd.

Ik knikte.

'Dat is uw zuster?'

'Hoe raadt u het zo.'

Hij merkte op dat we op elkaar leken. Zenuwachtig lachte Sientje.

We betraden een grote ruimte. Achterin bevond zich een langgerekte bar. Rond de dansvloer stonden op een verhoging de tafeltjes en stoeltjes gegroepeerd. In een hoek zat een jongen achter een draaitafel. Een liedje van Elvis Presley weerklonk.

Ik trok Sientje mee. We gingen zitten. Tegenover ons zaten een man en een vrouw. Toen ik beter keek bleken het twee vrouwen te zijn, van wie de één een herenkostuum had aangetrokken. Ze droeg een stropdas, een herenhorloge, herenschoenen. Haar korte haar was in een scheiding gekamd. De bollingen in haar overhemd waren duidelijk zichtbaar.

Minutenlang staarde ze onbeschaamd naar Sientje. Zenuwachtig begon die met haar pumps te schuiven.

De mensen die binnenkwamen waren overwegend jong, druk en vrolijk. Aan het tafeltje naast het onze nam een Indonesische jongen plaats. In verhouding tot de rest van zijn lichaam was zijn hoofd te groot en waren zijn benen te kort. Dwaas bungelden die boven de vloer. Hij hield zijn hoofd grappig scheef. Ik dacht aan Nozem, één van mijn katten, die zijn kop ook zo leuk scheef kon houden, als hij een insekt over het raam zag wandelen waar hij niet bij kon.

De jongen bekeek zijn nagels zoals Sientje dat wel deed: de vingers naar zich toegekeerd.

Een ober verscheen. Sientje bestelde twee cola met ijsblokjes. Een foxtrot, tango of Engelse wals werd ingezet. Ik wist het niet precies, ik kon niet dansen. Sientje had vroeger dansles gehad.

De vrouw in het herenkostuum stond op en kwam naar ons toe. Met een begerig, hard gezicht monsterde ze Sientje en vroeg haar ten dans.

Er kwam iets paniekerigs over Sientje. Haar mond opende en sloot zich. Hulpzoekend keek ze me aan en legde een hand op mijn knie.

'Mijn zuster voelt zich niet goed, ze is duizelig.'

De vrouw zei dat ze het begreep. Ze hoopte dat mijn zuster snel zou opknappen.

Inmiddels waren er enkele jonge mannen op de dansvloer. Ze hielden elkaar op alle mogelijke manieren vast. Met de armen om elkaars middel of hals, of met één hand op elkaars bil. Soms stonden ze deinend stil en leken aan elkaar geplakt.

'Vreemd hè?' merkte Sientje op.

Ik zweeg. Scherp realiseerde ik me hoe schaars in mijn leven ik was aangeraakt en hoe weinig mensen ik had aangeraakt.

Sientje wees naar de vrouw in het herenpak die nu met haar metgezellin danste.

'Met zo'n vrouw durft Sientje niet te dansen.'

Ik zei dat die vrouw haar niet zou opeten.

Ze verblijdde me met de doordachte opmerking dat een vrouw die op een vrouw jaagde haar angstiger maakte dan een man.

Een oude, bijna kale man met paarsige wangen kwam op ons afgestevend. Hij vroeg me ten dans. Ik schrok van zijn onnatuurlijk grote, vimwitte prothese. Ik zei dat ik niet kon dansen. Hij hield aan en teemde dat hij het me wel zou leren.

'Ik wil rustig kijken, maak alstublieft rechtsomkeert.'

Hij schrok en snelde weg.

Sientje en ik gingen de dansvloer op. Langzaam bewogen we en we drukten onze lichamen tegen elkaar. Ze zei dat ik wèl kon dansen. Het ging inderdaad vanzelf.

De man die mij ten dans had gevraagd had tenslotte letterlijk zijn draai gevonden. Een jonge man met steil peenhaar danste met hem. Hij had een hand om de hals van de oude gelegd en streelde af en toe het restant van diens haar. Ze zoenden elkaar langdurig op de mond, de jongen streek over de glimmende schedel.

'Snap jij nu zoiets?' vroeg Sientje.

Het uitzendbureau had me met een eentonig baantje opgescheept, het bedienen van een boekhoudmachine. Na twee weken kwam deze klus mij de neusgaten uit. Ik stapte naar de afdelingschef toe en zei dat dit mijn laatste werkdag was. Ik gaf hem mijn werkbriefje met het verzoek het te willen aftekenen.

Zoals gewoonlijk vertrok ik om half vijf. Tot half zes blijven werken vond ik zonde van mijn tijd, dan maar minder geld.

Ik wandelde in een mager zonnetje naar de Volksgaarkeuken in de Spuistraat waar ik tweemaal per week een warme hap at.

Het was er nog niet vol. Terwijl ik op mijn bestelling wachtte, kwam er een jonge man binnen met een bruine, gehavende koffer. Hij keek om zich heen en besloot aan mijn tafel plaats te nemen. Hij nam de spijskaart, waarop drie simpele maaltijden stonden, en bestudeerde deze ernstig en langdurig.

Tenslotte sloeg hij zijn lange wimpers op en vroeg met zachte stem of het eten hier goed was. Ik antwoordde dat het een redelijke burgermanspot was, niet luxueus maar voedzaam.

Dankbaar knikte hij. Ik schatte hem op vijfentwintig.

'Aan uw tongval te horen bent u geen Amsterdammer.' Met neergeslagen oogleden alsof hij een voor hem bezwarende bekentenis aflegde, vertelde hij dat hij uit Veghel kwam, waar hij gemeente-arbeider was. Hij was op de LTS geweest maar had het na het tweede jaar laten afweten.

In Veghel, vertelde hij, was overdag noch 's avonds iets te beleven, vandaar dat hij nu voor de tweede keer een weekend naar Amsterdam was gekomen. Van vrijdagavond tot zondagochtend had hij een goedkoop hotelletje.

Onder het eten mompelde hij af en toe als een tevreden kind: 'Lekker, lekker.' Hij vond dat hier zulke gezellige cafés waren.

Ik zei dat ik nog nooit een voet in een café had gezet.

Alsof hij me niet goed verstond vroeg hij: 'Wablief?', daarbij met zijn zachtgroene ogen verontschuldigend naar mij opkijkend.

Hij had een geprononceerde kinderlijke mond. De haargrens van het donkerblonde haar liep al iets terug. Zijn bijzonder slanke vingers deden me aan oom Simons 'pianovingers' denken. De nagels, groter en mooier dan de mijne, glansden.

'Hebben ze nog een toetje?' vroeg hij toen we onze maaltijd achter onze kiezen hadden.

'Zelfgemaakte puddinkjes met altijd dezelfde vruchtesaus eroverheen.'

Hij offreerde me zo'n puddinkje, wat ik aardig vond.

Ik vertelde dat ik een middelbare schoolopleiding had gevolgd (dat klonk beter dan ULO) en voor een uitzendbureau werkte.

'Dan zul je wel veel talen spreken.' Bewonderend keek hij me aan.

'Je kunt beter geen talen spreken en alles kunnen betalen,' spotte ik.

Ik vroeg hem of hij van lezen hield.

Hij las weleens boeken over tuinieren, zei hij. In de bioscoop zitten en vooral naar de televisie kijken, dat kon hij wel de héle dag.

'Houd je van klassieke muziek?'

Hij antwoordde dat hij de radio niet uitzette als hij iets klassieks hoorde. Een opmerking van Hanna destijds schoot me te binnen: 'Ik houd niet van katten maar zal ze geen kwaad doen.'

Hij bezat een stabiele rust in tegenstelling tot mijn altijd aanwezige nervositeit.

Toen we opstonden bleek dat hij ruim een kop groter was dan ik.

Ik zei dat ik naar mijn kamer ging om naar het tweede pianoconcert van Brahms, gespeeld door Alexander Uninsky, te luisteren.

'Ik heet Han,' zei hij en stak me zijn hand toe. Ik stelde me nu ook voor. Hij liep met me mee tot de tramhalte van lijn negen op de Dam.

'Heb je er idee in ergens nog een kopje koffie met me te drinken?' Een blos kleurde zijn wangen.

Ik opperde dat het allemaal te duur voor hem werd, eerst die puddingen, het hotelletje kostte geld, zijn reisgeld en hij wilde toch ook nog uitgaan?

Ik kreeg een lumineus idee.
'Wil je vanavond met mij en mijn vriendin mee naar een heel aparte dansgelegenheid of houd je niet van dansen?'
Hij zei dat hij graag danste.
'Weet je het Leidseplein?'
Hij knikte.
'Als je nu vanavond om negen uur voor dat visrestaurant wacht, vlak om de hoek van de Korte Leidsedwarsstraat, dan ...'
'Wablief, de korte wat?'
Nauwkeurig schreef ik het voor hem op.
'Heb je een legitimatie?' Hij had zijn paspoort meegenomen, dat was in het hotelletje verplicht.

In mijn kamer gekomen, ging ik me wassen en scheren voor de vaste wastafel. Ik gaf de katten hun eten. In mijn kamer stonk het. Ik zette de hor onder het raam. Als ik nu nog twee kattebakken moest schoonmaken, kwam ik nooit op tijd bij Sientje. Tijd om het tweede pianoconcert van Brahms te beluisteren had ik ook al niet meer.

Ik vertelde Sientje over mijn ontmoeting in de Volksgaarkeuken, over het plan hem mee naar het COC te nemen.
Ze zat voor haar toilettafel en mompelde 'mmmm'. Ze stiftte haar lippen en beet vervolgens enkele malen op een papieren zakdoekje.
'Hoe vind je deze kleur?'
'Mooi, alsof er parelmoer in zit.'
Tevreden knikte ze en boog zich verder naar de spiegel toe.
Ze zocht alleen zichzelf, scheen het; zou ze overdag ook langdurig als in trance in de eigen beeltenis zijn verdiept?
'Krijgt Sientje hier een puist?'
In vol vertrouwen hief ze haar gezicht naar me op. Op haar wang, vlakbij haar linkeroog, bevond zich een minuscuul rood puistje.
'Welnee, iedereen heeft weleens zo'n pukkeltje.'
Ze zuchtte. Ik begon weer over Han die bij het visrestaurant op ons zou wachten.

'Is het een nette jongen?'
Ik lachte. 'Wat is dat? Ben ik er één?'

Ik stelde hen aan elkaar voor. Beiden waren verlegen. Ik legde Han uit wat voor gelegenheid het COC precies was, dat hij desondanks een meisje ten dans kon vragen, maar dat dat meestal wel een vrouw was die vrouwen prefereerde.

'Zij ook?' vroeg Han en wees met zijn hoofd naar Sientje.

Haar verlegenheid overwinnend legde ze hem uit dat Sientje zich hier veilig voelde omdat de mannen hier niet op vrouwen jaagden. Ze voegde eraan toe dat ze niet lesbisch was.

Ik bewonderde de onverstoorbaarheid waarmee Han alles over zich heen liet komen. Voor iemand uit een dorp moest dit toch verwarrend zijn.

We gingen vlak bij de dansvloer zitten. Sientje vroeg Han naar zijn ouders.

Hij vertelde dat zijn moeder vier jaar geleden was overleden. Hij had een lieve stiefmoeder die hij ook moeder noemde. 'Mijn echte moeder zei altijd dat ik zulke mooie wimpers had.'

Sientje en ik beaamden dit eensgezind.

'Jammer, dat ik zulke grove poriën in mijn wangen heb,' merkte hij op. Hij raakte even een wang aan.

We observeerden de dansenden en dronken de koffie die Han ons had aangeboden.

Met een gretige blik observeerde ze hem. Ik zag hoe ze tersluiks naar zijn lange, stevige dijbenen keek. Wel tien minuten zaten we daar, zwijgend.

'Sientjes moeder is een kreng,' merkte Sientje op.

Ze sprak nooit over haar moeder. Omstandig begon ze nu te vertellen dat haar moeder jarenlang haar vader had bedrogen, hoewel er op de hele wereld geen beter mens was dan hij. Ze vertelde Han dat haar ouders gescheiden waren.

Ik maakte Han duidelijk dat Sientje altijd in de derde persoon over zichzelf sprak.

'Wablief? In de derde wat?'

Het had iets feestelijks hem 'wablief?' te horen zeggen.

Hij vroeg haar ten dans. Ik observeerde hen, ze dansten goed.

Eindelijk wist ik wat een Engelse wals was, 'sleepmuziek' noemde Sientje die.

Na de Engelse wals volgde een slowfox. Ze perste haar lichaam tegen het zijne en maakte draaiende bewegingen met haar bekken. Op zijn gezicht verscheen een verwonderde blik, toen legde hij een slanke, grote hand op haar rug.

Toen ik haar later ten dans vroeg, antwoordde ze dat ze moe was.

Een jongen kwam Han ten dans vragen.

'Niet doen hoor!' protesteerde ze. De jongen wierp haar een achterdochtige blik toe en gaf zijn poging op.

Er was een klein vertrek achter de bar waarin een televisietoestel stond. Ik ging er even naar kijken, al boeide dit medium me niet.

Om elf uur vertrokken we. Han en ik brachten Sientje naar een taxi. Gewoontegetrouw gaven Sientje en ik elkaar een afscheidszoen.

Toen we over het Leidseplein liepen vroeg Han of hij de volgende dag bij mij op visite mocht komen. Had ik een mooie woning?

Ik vertelde over mijn huurkamer, die eruit zag als een slordig gemeubileerde woonwagen.

Hij vond dat juist leuk.

Ik gaf hem mijn adres, legde uit welke trams hij moest nemen. Om tien uur zou hij komen. Tegen twaalven zou hij een boterham bij me eten waarna we naar de rommelmarkt op het Waterlooplein zouden gaan, daar was hij nog nooit geweest.

Op weg naar mijn kamer verwonderde ik me erover hoe snel ik vriendschap had gesloten. Mijn contacten verliepen altijd stroef; in het op afstand houden was ik een expert.

'Wat een boeken!' riep hij verbaasd uit toen hij mijn boekenkastje met zo'n dertig boeken zag. Ik maakte oploskoffie. Voortdurend haalde hij de katten aan, die langs zijn lange benen streken en op zijn schoot sprongen. Bij elke aai die hij een kat gaf fluisterde hij 'lief, lief, lief'.

Ik zette de grammofoonplaat van Brahms' tweede pianoconcert op.

We zaten tegenover elkaar aan de kleine tafel en spraken over alledaagse dingen. Als hij iets wilde beklemtonen legde hij even een grote, beschermende hand over de mijne.

Ik wees op de grammofoon. 'Vind je dit niet schitterend?'

Hij beaamde dat het een aardige melodie was; met hem zou ik evenmin de wonderen van de nobele piano kunnen delen.

We aten brood met een omelet.

Hij vroeg me of ik, behalve Sientje, al veel meisjes had gehad. Hij vond haar bijzonder, zo ingetogen.

Kort vertelde ik over Hanna en Carla.

'En jij?'

'Ik heb jongens en meisjes gehad.'

Beduusd staarde ik naar zijn mooie handen pal voor me. In een flits zag ik de gezichten van Hans Heveling en Henk Waalhof. Ik bedacht hoe ze me vroeger hadden geïntrigeerd. Nooit had ik echt aan het gevoel durven toegeven.

We zwegen en keken elkaar aan. Even tuitten zijn lippen zich alsof ze bedelden.

Verward begon ik over Sientje te ratelen. Hoe ze had gehuild toen het jaar daarvoor haar kerstboom, topzwaar, midden in de nacht door onbekende oorzaak was omgevallen. Hoe ze snikkend de gebroken piek, de ballen, vogels, kabouters en trompetjes had opgeraapt. Ze had haar vader wakker gemaakt. Die had haar getroost.

We gingen naar de rommelmarkt. Han kocht voor vijf gulden een paar bijna nieuwe schoenen. Ik een detective van Simenon voor dertig cent. Daarna aten we ijs.

Toen we er waren uitgekeken wandelden we via de Nieuwmarkt en allerlei steegjes tot we in de Spuistraat kwamen. In de Volksgaarkeuken trakteerde ik op een warme maaltijd.

Han vroeg of ik het geld wel missen kon, ik moest tenslotte voor mezelf en vijf katten zorgen. Hij betaalde thuis kostgeld en mocht de rest van zijn loon houden.

Hij vroeg me of ik kon schaken, daaraan was hij verslaafd.

Ik zei dat ik het toch eens wilde leren. Ooit had ik daartoe een vergeefse poging gedaan. Nu was ik vastbesloten met uiterste inspanning dat verdraaide spel onder de knie te krijgen. Zijn nabijheid maakte me roekeloos, vreemd impulsief en spontaan.

'Vanavond ga ik alleen de hort op,' zei hij toen we weer in de Spuistraat liepen, 'over veertien dagen kom ik weer, ik heb je adres. Als er iets tussenkomt zal ik schrijven. Ik stuur je een ansichtkaart van dat gat waar ik woon.'

We namen afscheid. Toen hij uit mijn gezichtsveld was verdwenen, realiseerde ik me dat hij me zijn adres niet gegeven had.

In gedachten liep ik helemaal naar de Newtonstraat. Die zaterdagavond kon ik mijn draai niet vinden. Tot lezen kon ik me niet zetten. Zelfs voor mijn klassieke muziek had ik geen geduld.

In de week die volgde kon ik me amper op mijn werk concentreren. Onder werktijd vroeg ik me af of de beloofde ansichtkaart er zou zijn als ik thuiskwam.

Zijn 'wablief?' tolde voortdurend door mijn hoofd. Het leek alsof ik aan hem vastzat met elastiek; ik rekte het zover mogelijk uit maar het brak niet.

Er kwam geen ansichtkaart.

In het midden van de daaropvolgende week ontving ik wel een brief: 'Ik kan in het weekend onmogelijk komen, groeten van Han.'

Zijn adres stond op de envelop. Terugschrijven kon ik alleen in mijn dagboek, moeizame regels van onrustig verlangen.

Ik verlangde ook naar Sientje en verheugde me op het dansen, maar de vrijdagavond zou een extra dimensie missen.

Er kwam een briefkaart van Sientjes vader; zijn huishoudster was ziek, ik kon donderdagavond niet komen eten.

Tegen half negen belde ik aan bij Sientjes woning. Haar vader deed open. Hij droeg een smoking met gesteven front, witte manchetten met grote gouden manchetknopen staken uit zijn mouw. Hij ging zeker met zijn jonge vriendin uit.

Toen ik naar Sientjes kamer wilde doorlopen, zei hij dat ze al om acht uur was vertrokken.

'Het is beter als je er niet heengaat, laat haar vanavond maar eens op zichzelf.'

Nogal dwingend vroeg hij of hij ervan op aan kon dat ik niet zou gaan. Verwonderd beloofde ik het.

Ik vertrok. In mijn idiote bestaan liepen op alle fronten de zaken weer eens goed spaak.

Ik nam lijn vijfentwintig. Op het Muntplein stapte ik uit en wandelde via het Singel naar de Leidsestraat. Traag liep ik in de richting van het Leidseplein. Hoe dichter ik het naderde, des te langzamer ik liep, af en toe in de verlichte etalages starend waar dure voorwerpen lagen uitgestald waarvan de meeste me als volkomen nutteloos voorkwamen.

Waarom zou ik woord houden? Dacht die man soms dat híj kon beslissen waar ik wel of niet heen ging? Te vaak in mijn leven was ik gekoeioneerd.

Om half tien kwam ik het COC binnen. Het was er behoorlijk druk. Onmiddellijk zag ik hen, achterin op een bank. Hun hoofden waren dicht naar elkaar toe gebogen.

Ik stapte op hen af en bleef zwijgend voor hen staan, zwaar en pijnlijk bonkte mijn hart in mijn keel. Geen enkele zin schoot me te binnen.

Han leek geschrokken, Sientje keek rustig naar me op.

Bezitterig legde ze haar volmaakt gemanicuurde hand op zijn dijbeen. Voor het eerst stond er vastbeslotenheid in haar blik.

'Je hoeft niet meer bij Sientje aan huis te komen, Sientje gaat nu met hém.'

Het klonk alsof ze de rijdende SRV-kruidenier haar klandizie opzegde.

Met een gelaten uitdrukking keek Han me aan. Ik onderdrukte de opwelling hem een stomp in zijn gezicht te verkopen.

Diep haalde ik adem. 'Dan ga ik maar.'

'Je hoeft toch niet weg te gaan, ben je kwaad?' vroeg Han met hoge, gespannen stem. Ik bespeurde het begin van een aarzeling in hem. Even hielden mijn ogen de zijne vast.

Sientje draaide aan het kroontje van haar armbandhorloge.

'Als hij weg wil moet hij dat doen.' Waar haalde ze plotseling die gedecideerde, harde toon vandaan?

In mijn haast liep ik bijna de oude geverfde man met zijn tafeltje herencultuur omver.

Oponthoud bij Arras

ZWIJGEND ZAT DE de vrouw des huizes met haar verstelwerk tegenover me. Ik voelde hoe ze me af en toe gadesloeg, maar als ik opkeek boog ze zich snel over haar werk. Vermoeid zat ik in die vreemde huiskamer te denken en te staren. Het enige mooie meubelstuk, vond ik, was een groot antiek buffet van eikehout. Op de onderbouw ervan lag een beige marmeren plaat met afgeronde hoeken. De bovenbouw bestond uit twee kastjes met geslepen glazen ruitjes.

Het was zeven uur; ik kreeg trek.

Na een langdurige en afmattende rit passeerde ik een bord waarop ARRAS 13 KM stond. Onophoudelijk maalde de vraag door mijn hoofd hoe het met de katten zou gaan. Zou mevrouw Kroos wel goed voor mijn meute ex-zwervers zorgen? Zelf had ze nooit een huisdier gehad. Veel tijd kon ze niet in de dieren investeren. Zij moest haar lampen en vooral haar specialiteit, de schemerlampjes met roze of rode plastic pegels eraan trachten te verkopen. In de Jordaan was men verzot op deze in mijn ogen walgelijke objecten. Voor de moeite had ik haar een fles Chanel beloofd, in de veronderstelling dat die in Frankrijk spotgoedkoop zou zijn.

De vraag of de katten wel zo lang buiten mij konden, diende te worden omgekeerd: kon ìk wel zo lang buiten hen?

Op mijn vijfendertigste werd het eens tijd mijn grote neus buiten 's lands grenzen te steken. Als einddoel had ik Parijs gekozen. Ik hoopte dat de tweedehands, zes jaar oude Trabant 601 de tocht zou kunnen volbrengen. De carrosserie van het in de DDR vervaardigde wagentje bestond uit duroplast, een dik soort plastic. Voordeel was dat het Trabantje als uit een meccanodoos in elkaar was gezet. Het had een eenvoudig luchtgekoeld tweetaktmotortje.

Ik had olie meegenomen; een verkeerd soort zou de motor onherroepelijk doen vastlopen. Als reserveonderdelen had ik zekeringen, slangklemmen en een set lampjes bij me.

De topsnelheid bedroeg vijfentachtig kilometer. Harder durfde ik toch niet. In de leswagen had ik wel over de honderd gereden; de instructeur naast me gaf me een gevoel van veiligheid.

Toen ik de Belgische grens naderde bedacht ik dat ik de volgende ochtend mevrouw Kroos moest opbellen. Als ik niet wist hoe het met de dieren ging, zou ik geen rust hebben.

Bij het eerste tankstation in Frankrijk viel me de botheid van de pompbediende op. De Trabant had aan de buitenkant geen benzinedop. Benzine en olie moesten in een vierkante tank onder de motorkap, pal achter het motortje, worden gegoten.

Zo lang de pompbediende bezig was, wachtte ik in de auto. Toen hij naar me toe kwam trok ik aan het hendeltje dat de motorkap ontgrendelde.

Snel en geagiteerd liep hij tweemaal om de wagen heen. Toen haalde hij de schouders op en liep op een zojuist gearriveerde automobilist af. Ik stapte uit, trok de motorkap helemaal open, draaide de dop van de benzinetank af en riep: 'Ici!' Hij deed alsof ik niet meer bestond en hielp de nieuw aangekomene.

Toen ik uiteindelijk benzine had gekregen en had afgerekend, vroeg ik hem vriendelijk de weg naar Parijs, 'mais pas une grande route.'

De blik die hij me toewierp hield in dat hij nu voldoende geduld voor me had opgebracht. Hij keerde zich voorgoed van me af.

Ik liep op een Citroën Pallas af, zo'n langgerekt model met vissebek. Er zat een hele familie in gepropt. Ik vroeg de bestuurder naar een parallelweg richting Parijs.

'Je ne sais pas.' Het raam werd dichtgedraaid.

Nog steeds was het me gelukt snel- en tolwegen te vermijden. Mijn geringe snelheid zou daar gevaar en irritatie opwekken. Dan maar richting Arras, besloot ik.

Terwijl ik startte schoot me iets over de Unie van Atrecht te binnen. Arras was de Franse benaming vooor Atrecht, meer herinnerde ik me niet.

Af en toe passeerde ik een totaal verlaten dorp, dat uit niet meer dan een handjevol grijze huizen bestond. Sommige ervan leken op kleine boerderijen. Overal waren de luiken gesloten. Het groene land aan weerszijden van de smalle weg, het golfde langs me heen. De totale verlatenheid was prettig, die schonk me een gevoel van rust.

Af en toe werd de weg behoorlijk steil, alsof er een kleine brug was. De auto klom moeilijk; de koppeling moest worden bijgesteld.

Toen ik het zoveelste dorp passeerde, haperde de motor en sloeg af. Tevergeefs startte ik. Ik maakte de bougies schoon en controleerde diverse aansluitingspunten. De accuplaten stonden keurig onder het gedestilleerd water.

Ik bevond me voor een boerderijachtig huis met gesloten luiken. Op een magere hond na was er geen levend wezen. In het weiland achter het huis graasden wat koeien. Twintig meter verder ontwaarde ik een kleine garage.

Ik stapte uit en duwde de Trabant tot voor het tegen de muur omhooggeklapte luik.

'Hallo!' riep ik, terwijl ik de garage binnenliep, waarin enkele tractoren met gedeeltelijk gedemonteerde motor stonden. Er hing een geur van olie en benzine.

Vlak bij een kantoortje dat door een ruit van de werkplaats was gescheiden, stond een oude, verwaarloosde Renault Juvaquatre. Ik herinnerde me die ook vroeger in mijn plakboek te hebben gehad. Het model was toentertijd onder de fraaie naam 'Dauphinoise' naar Engeland geëxporteerd. Deze was waarschijnlijk van het bouwjaar negentienzevenenveertig.

Mijn jeugdobsessie voor auto's had me niet verder gebracht dan een oude Trabant. Hadden die auto's me indertijd nu werkelijk zo geïnteresseerd of waren ze onbewust een dwingend tegenwicht geweest tegen moeders twee fotoalbums?

Ik stapte weer in de auto, vroeg of laat zou er wel iemand komen opdagen. Men scheen elkaar hier te vertrouwen; gereedschappen, tientallen bussen met olie op schappen, het stond voor het grijpen. Naast de garage was een antieke benzinepomp met een nieuwe slang eraan.

Ik opende het dashboardkastje. Had ik het Franse woordenboekje er niet ingelegd? Nee, ik had de avond vóór mijn vertrek de kleine bagageruimte gevuld met blikken bruine bonen, rollen koekjes en beschuit, wc-papier, blikjes cornedbeef. Ik had het woordenboekje weer mee naar boven genomen om het voor het slapen gaan te bestuderen. Het lag verdorie nog op de stoel naast mijn bed! Nu was ik aangewezen op wat ik me nog van het Frans op school herinnerde. Waarom waren die leerboekjes niet meer op de dagelijkse conversatie gericht geweest? Wat had je aan fabels zoals 'La cigale et la fourmi?'

Zinnen uit lessen van weleer schoten me te binnen: 'En mille huit cent soixante dix La France devient république pour la troisième fois. Maintenant Vincent Auriol est président de la République Française. Le pays produit des vins excellents, de Champagne, de Bourgogne et de Bordeaux.' Tot mijn verbazing kon ik zelfs nog het complete verhaal 'Le trompeur trompé' opdreunen. Indertijd had ik het als straf vijfentwintig maal moeten overschrijven. Wat had ik gedaan dat Flentrop me zó'n straf had gegeven? Als ik dat verhaaltje hier ging voordragen zouden ze naar hun voorhoofd wijzen.

Toen ik in een dakgoot een zwarte kat zag lopen, kreeg ik opeens hevig heimwee naar mijn dieren. Als er maar niet wordt ingebroken, dacht ik. Vrijwillig had ik mijn vertrouwde wereldje verlaten; nu, zonder enige greep op eigen stulp, voelde ik me machteloos.

Bij de koeien in het weiland had zich een trots lopend, lichtbruin paard gevoegd. Stompzinnige zinnetjes uit mijn Franse leerboek vlogen door mijn hoofd.

Ineens zag ik, door dat paard, de tekeningetjes erbij.

'Jacques est dans le pré.' Daar loopt hij in zijn ouderwetse zwarte pak met een hoge hoed op. 'Il monte à cheval.' Voorzichtig klimt hij op het paard, zo, die zit. Nu gebeurt wat er op de tekeningetjes was gebeurd. Het paard gaat lopen, daarna over in draf. 'Il tombe!' Jacques valt eraf. De hoge hoed zweeft nog boven het gras.

'Que voulez-vous?' Ik schrok. Achter me stond een forse man van in de vijftig in een blauwe overall vol vlekken. Hij had piekerig zwartgrijs haar, een groot hoofd op een stierenek. De onderkaak stak zo'n vier centimeter naar voren. Het gezicht had iets wreeds, of kwam dat door de zadelneus? Zou hij bokser zijn geweest? Zijn bovenste rechterooglid was iets omlaag gezakt en opgezet, alsof het in een knipoog was blijven steken.

Ik vond hem onmiddellijk onsympathiek.

Hij herhaalde zijn vraag. Als hij sprak kreeg de onderkaak iets dreigends. In Frans met veel fouten vertelde ik hem dat de auto het had begeven. Toen ik over de bougies begon, onderbrak hij mijn moeizame betoog.

'Je suis mécanicien pour les tracteurs et aussi paysan,' verklaarde hij, 'on verra.'

Hij gebaarde naar de auto en wees een plek in de garage aan. Ik duwde de wagen naar binnen. Hij wenkte me hem te volgen en liep op het huis toe, waarvoor de Trabant tot stilstand was gekomen. Hij deed zijn klompen uit. Voor het glas van de deur zat kunstig gekruld, maar verroest metalen siersmeedwerk.

'Cécile!' riep hij terwijl hij de deur opende. Zijn enorme nek was bruin en gelooid als gerimpeld oud leer.

In de gang rook het naar boenwas. De houten trap naar de overloop glom. Een deur werd geopend.

Ze was slank, midden veertig. Haar zwarte haar was strak naar achteren getrokken tot een kunstige wrong. Ze had een forse maar rechte neus en prachtige groengrijze ogen. Ze droeg een gebloemde katoenen jurk. Ze had borsten die eerder bij een meisje van veertien pasten dan bij een volwassen vrouw. Haar blote voeten staken in afgetrapte muiltjes.

'Ma femme,' zei hij. Ik gaf haar een hand.

De man sprak zó snel tegen haar, dat ik maar enkele woorden kon verstaan. De toon was bars en bevelend.

Ze zuchtte, keek me even aan en knikte toestemmend.

Ze opende een deur en liet me voorgaan. Het was de huiskamer. Ze wees op een stoel.

'Asseyez-vous.'

Op de tafel stond een naaimand die ze snel wegborg. De man, die in de deuropening was blijven staan, zei me dat hij de auto de volgende ochtend zou nakijken. Dat maakte ik tenminste uit zijn woorden op.

Ik bedankte hem.

De vrouw vroeg of ik koffie wilde. Ik gaf te kennen dat ik naar koffie snakte.

De man gaf haar nog wat instructies waarvan ik alleen 'c'est pour une nuit,' verstond. Toen verliet hij het huis. Ik hoorde hem buiten op zijn klompen langsklossen.

De vrouw, die langzaam sprak en een zachte stem had, vertelde me dat ik die nacht kon blijven slapen.

'Voyons!' zei ze. Ik kwam uit mijn stoel. Het was inmiddels zes uur. Op de trap naar de overloop liet ze me voorgaan. Ze toonde me een langwerpig kamertje; het behang vertoonde een druk bloemetjespatroon. Er stond een eenvoudig houten bed. Tegen de andere muur stond een nachtkastje dat met een witte marmeren plaat was afgedekt. Er stond een ouderwetse waskom op met daarin een lampetkan, ook al voorzien van een uitbundig bloemetjesmotief. In een wit stenen bakje met deksel – het leek op een botervloot – lag een stukje zeep. Ze verontschuldigde zich en verliet het vertrek. Even later kwam ze terug met een handdoek die ze op het kastje legde.

'Merci beaucoup madame.'

Ze keek me even aan en zuchtte weer; bezorgde ik haar veel last?

Madame begon me te intrigeren met dat sensuele en gelatene in haar verlepte schoonheid.

Aan een krakkemikkig elektriciteitssnoer omhuld door grijs verschoten katoen, hing een door vliegepoep bespikkelde geëmailleerde vuilwitte kap met een grote lamp. In de huiskamer had ik ook zo'n kap gezien maar dan een slag groter. In Frankrijk kenden ze zeker geen schemerlampen. Hier lag een groot afzetgebied voor mevrouw Kroos.

'Votre bagage?'

'Dans l'automobile, je le veux...'

Ze knikte ten teken dat ze me begreep.

Als ze zich wat opmaakt en mooie kleding aantrekt zou ze er jonger uitzien, dacht ik. Waar maak je je druk om, antwoordde ik mezelf. Eén nacht slaap je hier, daarna zie je haar nooit meer.

Ik haalde mijn koffer en draagbaar radiootje uit de auto. In het weiland reed zadelneus op een tractor.

Even later was ik weer in het kamertje. Ze had de gordijnen, die ook al gebloemd waren, helemaal opengeschoven. Vóór het kozijn, waarop potten met bloeiende geraniums stonden, was eveneens smeedijzeren hekwerk aangebracht.

'Je veux vous montrer la maison.'

Ik volgde haar. Ze opende een deur aan het eind van de gang. Het was een grote kamer met een vloer van glanzend gebeitste donkerbruine planken. Er stonden ouderwetse eikehouten lits jumeaux. Aan weerszijden ervan stonden po-kastjes met een vaalwit marmeren blad. Het vele marmer en de bloemetjesmotieven begonnen op mijn zenuwen te werken.

Ze vertelde dat dit de slaapkamer van haar man en zoon was. We liepen de gang weer in. Ze opende een deur naast het mij toebedeelde vertrek. Aan de muur boven het bed was een boekenplankje bevestigd met daarop enkele boeken. Naast het bed stond een antiek ladenkastje. Uit geïllustreerde bladen geknipte foto's van Audrey Hepburn, Brigitte Bardot en Frank Sinatra waren met punaises tegen de binnenkant van de deur geprikt. Dit was haar kamer.

Een groot formaat kleurenfoto achter glas in een witte lijst trok mijn aandacht. Doordringend keek een jonge man me aan. Hij had azuurblauwe ogen, het blauw van het ingeweven patroon in knikkers. Een donkere stoppelbaard gaf het gezicht iets losbandigs. Met moeite wendde ik mijn blik af.

De vrouw vertelde dat het haar zoon Jean-Claude was.
'Il est en Espagne avec le camion.'
'Avec un camion?'
Madame knikte bevestigend waarbij haar handen een groot object aanduidden.
'Incroyable.' Hij werkte vast bij een circus of hij was een excentriekeling. Wie ging er nu op een kameel van Frankrijk naar Spanje? (Vandaag de dag gelooft zelfs mijn beste vriend nog niet dat ik destijds serieus dacht dat 'camion' kameel betekende.)
We liepen weer naar beneden. Ze toonde me de keuken, die ik armoedig vond. Daarna liepen we de grote tuin in. Achterin was een ruim twee meter hoge berg, gevormd door lege wijnflessen. Er hing een penetrante pislucht. Ze lachte toen ze zag dat ik mijn neus ophaalde. Het lachen maakte haar kortstondig jong en mooi.
'J'ai oublié votre café!' riep ze verschrikt. We gingen naar binnen.
In de kamer stond een kachelfornuis dat vast antiek was. Ik had zo'n ding eens op de Amsterdamse rommelmarkt gezien, heel prijzig.
Ik ging zitten en sloot de ogen. In mijn achterhoofd voelde ik het gebonk van een opkomende hoofdpijn. Ik liep naar boven en nam een aspirine uit het buisje in mijn koffer. Nog even bleef ik uit het raam staren. Toen ik in de kamer terugkwam stond er een café filtre voor me.
Moeizaam ging ik zitten.
'Je suis fatigué.'
Begrijpend knikte ze, haalde haar mand met verstelwerk te voorschijn en ging aan het werk.
'Vous ne prendrez pas de café?'
Ze boog zich dieper over een gestreept overhemd. 'Non, je n'aime pas le café.'
Ik legde het aspirientje op mijn tong en nam een slok koffie. Het belangrijkste was nu dat de hoofdpijn niet zou doorzetten.
Er rezen een paar vragen bij me op. Waarom slaapt de vrouw des huizes niet naast haar man? Het kamertje waar zij nu slaapt is van de zoon. Waarom sliep de zoon naast zijn vader? Zouden

die twee een verhouding hebben? Was madame uit het echtelijk bed verstoten? Had hij haar met een minnaar betrapt of zij hem met een vrouw? Het gaat je geen zier aan, zei ik tegen mezelf. Het intrigeert je wèl, wierp mijn alter ego tegen.

De zinnen die zich in mijn hoofd aaneenregen kon ik niet tot stoppen dwingen. Waarom snauwt hij haar zo af?

Ik schrok op toen ze zei dat ik vanzelfsprekend mee kon eten.

'Merci beaucoup, madame.'

Om ongeveer half acht ging de vrouw des huizes naar de keuken. Het gerammel van potten en pannen weerklonk. Tegen achten kwam de man thuis. Hij knikte me toe. Hij droeg nog steeds zijn blauwe overall met vlekken. Hij schoof een stoel dicht bij het kachelfornuis en trok zijn sokken uit. Toen opende hij de ovenklep en stak zijn voeten erin. Het was midden september; het leek hier alsof de kilte vanuit de houten vloer opsteeg.

De vrouw kwam binnen. Ze nam enkele metalen ringen van het fornuis af en gooide wat houtblokken op het vuur. Ze ging weer naar de keuken en kwam terug met een grote pan die ze op het fornuis zette.

Het echtpaar had nog geen woord met elkaar gewisseld.

Uit de broodtrommel in het buffet nam ze een brood dat wel vijfenveertig centimeter lang was. De korst was glanzend donkerbruin.

De man trok zijn voeten uit de oven. Zij legde het brood erin, sloot de klep en draaide aan een knop.

Bah, dacht ik, eerst die ongewassen voeten erin en nu dat brood; *koosjer* is anders. Ze ging de tafel dekken, met bloemetjesservies. Het bestek was aan de handvatten versierd. Vorken, lepels en messen kwamen me nogal groot voor; hadden Fransen grotere monden dan Nederlanders?

Ze nam de pan van het fornuis, dat nu enige warmte begon te verspreiden. Hij steunde met beide ellebogen op de tafel en keek begerig naar de pan. Zij schepte eerst mij en toen hem op. Het bleek uiensoep. Zelf nam ze er heel weinig van. Ze nam het brood uit de oven en sneed er drie forse plakken van af. Ik nam de boterham aan en onderdrukte de neiging om te ruiken of deze soms naar zweetvoeten rook. Ik lepelde van de heerlijke dikke soep, af en toe een hap knapperig brood nemend.

'Bon appétit,' moederlijk knikte ze me toe.

'Merci madame, de même.'

Slurpend lepelde de man zijn soep. In een flits zag ik dominee Van Leden tegenover tante Jet zitten. Tante Jet, die in de oorlog persoonlijk door deze prediker naar het kamp Vught was gebracht, toen door de bezettende overheid bekend werd gemaakt dat de joodse Nederlanders zich moesten melden.

Toen we de soep op hadden, zette ze een grote pan met dampende, in de schil gekookte aardappels neer. Ze nam mijn soepbord, pelde razendsnel een aardappel en legde die op mijn bord.

'Combien?'

'Trois, s'il vous plaît.'

Hoe kon ze zo'n kokend ding hanteren zonder zich te branden?

Vervolgens pelde ze voor de man en zichzelf. Ze haalde een schaal met een grote, in zijn geheel gekookte bloemkool erop. Daarna een pan met een soort hachee, waarin uien, vlees, paprika en aubergines bleken te zijn verwerkt. Rijkelijk bediende ze me. Ik smulde.

Varkensvlees? vroeg een stem in me. Ik kon haar niet voor het hoofd stoten. Dan maar een keer treife.

De heer des huizes smakte tijdens het eten dusdanig dat ik er bijna onpasselijk van werd. In plaats van het bestek naar zijn mond te brengen, boog hij zijn enorme hoofd naar het bord.

Haar tafelmanieren waren beschaafd. Af en toe keek ze even naar hem, dan naar mij, zuchtte bijna onmerkbaar. Ze at lusteloos en weinig.

Hij mopperde iets binnensmonds. Als geschrokken stond ze op en zette een grote fles wijn op tafel. Ze schonk in. De wijn was wrang, mijn tong trok ervan samen.

In één gulzige teug had hij zijn glas leeg dat zij onmiddellijk gedienstig weer vulde. Tot mijn verwondering was zijn bord ook al leeg. Zij schepte het weer vol met hachee en begon ijverig hete aardappels te pellen.

Der ken schul un almemmer uf, dacht ik.

Het nagerecht bestond uit een dikke, donkergele substantie die naar vruchten met amandelen smaakte. Gezien de hoeveelheid voedsel leek het alsof ze 's ochtends al van mijn komst had geweten.

Mijn gastvrouw begon aan de afwas. Ik nam een voddige theedoek en begon af te drogen.

'Mais non, vous êtes fatigué,' ze maakte afwerende bewegingen.

'Je veux vous aider, vous avez fait un diner excellent madame, mes compliments.'

Een vermoeide glimlach verscheen op haar gezicht.

Voor de tamelijk grote afwas gebruikte ze een kleine stenen kom en een ouderwetse slappe vaatkwast. Ze ververste het afwaswater niet. Al afdrogend keek ik door het kleine keukenraam. In de tuin stond de man wijdbeens bij de stapel lege wijnflessen te plassen. Hadden ze dan geen wc?

Toen de afwas was gedaan maakte ik haar met mimiek (die naar ik later bedacht ook verkeerd had kunnen worden opgevat) duidelijk dat ik nodig moest. Ze opende een deur aan de zijkant van de keuken.

De wc was in een kleine, waarschijnlijk later aangebouwde ruimte en leek op een ouderwets houten ijscowagentje zonder wielen. Even zag ik het gele Vamikarretje bij het molentje tegenover het Heemsteedse bos voor me; ik was toen een jaar of zes.

Ik tilde het houten deksel op, een muffe stank sloeg me tegemoet. Naast me lag een stapeltje dunne papiertjes, kleiner dan die van mijn kladblok. Water en papier schenen hier schaars te zijn, een riolering nog niet aangelegd.

Ik keek op mijn horloge; bijna kwart voor negen. We zaten gedrieën aan de nu lege tafel. Hij rookte een sigaret die een vieze stank verspreidde. Ze stond op en ontstak het licht dat zijn zestig of tachtig watt koud en hard over ons uitgoot. Het maakte de kamer groot, kil en armoedig. Ik gaapte.

Ze vroeg me of ik misschien al naar bed wilde. Ik knikte.

Ze wenste me een goede nachtrust toe. Hij bromde wat, stond op en begon eindelijk de vieze overall uit te trekken.

Ik liep de glanzend gebeitste trap op. In het kamertje gekomen, sloot ik de gordijnen en liet de kleine ramen op een kier. Ook hier priemde de felle lamp pijnlijk in de ogen.

Snel trok ik mijn kleren uit, nam de pyjama uit de koffer, deed het licht uit en dook het bed in.

Ik kon de slaap niet vatten. Afwisselend zag ik mijn geliefde katten en een eindeloze weg met almaar voorbij schietende bomen. Het resonerende geprutel van de Trabant gonsde ineens in mijn oren.

Rusteloos draaide ik me om en om, kreeg overal jeuk. De rare rol die als hoofdkussen diende, begon me te irriteren.

Ik knipte het licht aan en pakte het draagbare radiootje. Ik stak de oortelefoon in mijn oor en draaide aan de zenderknop. Hilversum I en II waren hier onbereikbaar. Weer draaide ik aan de knop:

On ne guérit pas de son enfance
Et malgré le temps le temps qui court
Et malgré le temps le temps qui passe
Malgré le voyage au long cours . . .

zong een man. Ik zocht verder op de zenderschaal; onder veel storingsgeruis herkende ik de pianoklanken van Griegs Entschwundene Tage. Ik zette de radio af en deed de lamp weer uit.

Er hing een onprettige stilte. Kon er in de sfeer van een huis nog iets fossiel aanwezig zijn van gebeurtenissen die er zich hadden afgespeeld?

Ineens zag ik Jean-Claude; in een tropenpak zat hij op een kameel. Hij lachte me niet alleen bemoedigend, maar ook samenzweerderig toe. Even voelde ik me eenzaam, dat overkwam me zelden. Ik besefte dat ik mijn molensteen door alle kamers van mijn leven zou blijven meezeulen.

Tenslotte viel ik in slaap.

Ik was ergens wakker van geworden en deed meteen de lamp aan. Het was vier uur. Even traanden mijn ogen door het felle licht.

Mijn bed stond tegen de muur. Aan de andere kant van de muur hoorde ik onderdrukt snikken. Toen werd het even stil, daarna was er weer gesnik dat overging in gekreun.

Teruggeworpen in de tijd lag ik weer in bed, in onze kamer in de Stalinlaan. Achter het kamerscherm hoorde ik moeder kortstondig snikken, voordat ze haar dodenlijst begon af te roepen.

Maar dit was het heden. De duizenden minuscule bloemetjes op het behang schenen los te laten en op me toe te zweven. Achter die muur was verdriet. Nooit zou ik weten waar het uit voortsproot.

Ik stapte uit bed. Het was nu stil geworden aan de andere kant. Ik liep naar de deur en opende deze behoedzaam. In de donkere gang hoorde ik vanuit het voormalige echtelijke slaapvertrek een zwaar zagend gesnurk.

Voorzichtig opende ik haar kamerdeur. De gordijnen waren opengeschoven, flets maanlicht viel naar binnen. Cécile zat rechtop in bed, alsof ze me had verwacht. Ik liep op haar toe. Ze legde haar hand even over mijn mond, ik begreep het.

Ze sloeg het dekbed op en schoof opzij. Voorzichtig liet ik me naast haar neer. Ontroerd kuste ik haar mond, die zacht en gretig was. Snel trok ik mijn pyjama uit. Met een enkele beweging bevrijdde zij zich uit iets blauws dat op een négligé leek.

Haar huid wasemde een zwakke lavendelgeur uit. Toen ik haar borsten kuste was er de bitterzoete geur van amandelen bij haar oksels, een alomvattende veilige geur, die ik ook heel lang geleden moest hebben gekend.

Ze bedekte mijn hals, borst, buik en heupen met snelle, lichte kussen. Toen bracht ze haar mond bij mijn oor en fluisterde 'Mon amour' – de enige woorden die ze sprak tijdens ons samenzijn.

Om halfzes sloop ik naar mijn kamertje. Uit het slaapvertrek van zadelneus klonk nog steeds doordringend zagend gesnurk.

De volgende ochtend trachtte Cécile me tijdens het ontbijt zo onpersoonlijk mogelijk te behandelen. Haar man had zijn gevlekte overall al aan en zat een soepkom met koffie te slurpen.

Na het ontbijt verzocht hij me mee te gaan naar de garage. Bij iedere stap schoot zijn hoofd iets naar voren, het leek op de beweging van een waterhoen. De vorige dag was me dat niet opgevallen.

Verwonderd sloeg ik hem in de garage gade. Handig demonteerde hij een deel van de motor. Het was een type auto dat hij waarschijnlijk voor het eerst onder handen kreeg.

Nadat mijn gastheer een uur ingespannen had staan sleutelen, kreeg hij de motor eindelijk aan de praat. Rook en monotoon gepruttel vulden de kleine garage.

Hij veegde zijn oliehanden af aan een lap. 'Voilà.'

'Merci monsieur pour votre peine, vous êtes un bon monteur. Je veux vous payer, combien monsieur?'

Hij maakte een kort gebaar met de vlakke rechterhand als van een mes dat snel door iets sneed. Eén moment had ik wroeging.

Hij constateerde dat ik nu naar Parijs kon. Ik knikte, startte en reed tot vóór het huis. Daar pakte ik mijn koffer en deponeerde die op de achterbank.

Cécile stond in de deuropening.

'Merci pour votre hospitalité.' Met een handkus bedankte ik.

Ze legde haar linkerhand op de rug van haar rechterhand als om de kus tegen verdamping te behoeden.

Ik reed naar Arras. De wagen trok snel op en klom prima, hij had de koppeling dus ook bijgesteld.

Arras deed me aan Haarlem denken. Er waren prachtige middeleeuwse huizen. Het was marktdag. Ik parkeerde de auto en wandelde door het stadje. Ik kocht een ansichtkaart die ik aan mevrouw Kroos verzond.

In een etalage zag ik een prachtig mokkastel. De kopjes en schoteltjes waren van een zachtbeige, bijna doorschijnend porselein. Aan onder- en bovenranden zat een gekarteld gouden randje. Ik kocht het.

Snel reed ik terug naar het huis van Cécile. In het weiland was zadelneus bezig een koe te melken.

Ik liep op het huis toe en keek naar binnen. Peinzend zat ze aan de tafel. Ik tikte tegen het raam. Verschrikt sprong ze op.

We openden tegelijkertijd de deur. Ik overhandigde haar de verpakte doos.

'Soyez prudent, c'est fragile.'

We gingen naar de huiskamer. Voorzichtig pakte ze het uit.

Toen ze het mokkastel zag, beefde haar mond.

'Mais c'est une sottise!' Haar stem was hees.

Ze betastte de tere kopjes en schoteltjes alsof ik het was.

Ze wees op het grote buffet, dáár zou ze het neerzetten, een herinnering.

Haar zachte blik deed een leegte in me groeien; nu moest ik vertrekken.

'Bon voyage et beaucoup de plaisir à Paris,' riep Cécile me vanuit de deuropening toe.

Langzaam reed ik het dorp uit. De lange rit naar Amsterdam was begonnen.

De huisgenoot

Na veel moeite had ik een enigszins redelijke hoewel oude woning toegewezen gekregen. Twee kamers met keuken, drie hoog. Ik toog naar de rommelmarkt teneinde me in te richten. Een laag tafeltje, twee met skai beklede stoelen uit de jaren vijftig, een simpel boekenkastje, een enigszins roestig maar nog degelijk metalen bureau met twee laden; dit alles voor de somma van tachtig gulden.

Mocht ik ooit eens een echt mooi huis gaan bewonen – maar die hoop was tanende – en het geld bezitten om mijn geliefde witte droommeubels aan te schaffen, dan hoefde ik dit meubilair slechts bij het grof vuil te deponeren.

Eerst richtte ik de kleine kamer in. Het handige metalen bureau plaatste ik voor het raam.

Aan het bureau werkte ik mijn dagboek bij en beluisterde vaak tegelijkertijd een grammofoonplaat.

Aan de overkant van de gracht op de tweede etage zag ik af en toe een jongeman met peenhaar langdurig uit het omhooggeschoven raam staren, zijn armen op een kussentje. Er woonde daar ook een magere oude man die zijn linkerarm miste. Een kunstarm had hij niet. Of misschien lag de prothese in een langwerpige kartonnen doos onder zijn bed. Sommige mensen konden ook geen kunstgebit velen. Als je van mensen weinig afwist kon je er met wat fantasie nog alle kanten mee op.

Een enkele keer gingen de peenharige en de oude man samen weg in een oud Fiatje. Ik vermoedde dat het vader en zoon waren. Er was geen vrouw in dat huis. Zeer vaak lapte de jongeman de ramen aan de binnenkant. Eens per maand kwam er een glazenwasser. Die had ik niet nodig; als het fors regende en waaide striemde het hemelwater mijn ramen grondig schoon.

Ik vroeg me af waarom de jongeman om de twee weken schone vitrage ophing. Wat een energieverspilling. Ik had goedkope luxaflex; als je daarmee voorzichtig omsprong ging die jarenlang mee.

Het zeil van de vorige bewoners had ik eenmaal gedweild. Het was oud, grijs en her en der met witte verf bespat. Er had waarschijnlijk vloerbedekking overheen gelegen. Al dweilende ontdekte ik in de hoek van de grote kamer vlak bij de plint een met balpen in hanepoten op het zeil geschreven boodschap: GA HIER WEG!

Als dat maar geen ongunstig voorteken was. Ik suste mijn ongerustheid; alleen een overspannen persoon zou zoiets op het zeil kalken. Als ik weer een kaars ging aansteken zou ik aan de voorzienigheid vragen of ik daar rustig mocht blijven wonen.

Eens per twee maanden bezocht ik de R.K. Begijnhofkapel H.H. Joannes en Ursula aan het Begijnhof. Ik deed een rijksdaalder in de geldgleuf nam een kaars en ontstak deze aan een reeds brandende. Daarna plaatste ik de kaars op een daartoe bestemde pen. Voor een niet-katholiek een fascinerend ritueel dat mijn onrust even wegnam.

De kapel was zoals gebruikelijk bijna leeg; meer dan drie mensen trof ik er nooit aan. Ik ging zitten en legde de voorzienigheid mijn waslijst aan verlangens voor. Steeds vroeg ik om een huis met een tuin in een bosrijke plaats, Heemstede bij voorbeeld.

Vóór ik wegging keek ik altijd even in het dikke schoolschrift dat in het brede raamkozijn lag. De laatste zwart-op-wit-bede schreef ik over voor mijn dagboek.

Toen ik de woning aan de gracht pas had betrokken luidden de laatste regels in het schrift: 'Heer, schenk mij eindelijk een evenwichtig bestaan. Laat er een mens in mijn leven komen en dat wij elkaar wederkerig zullen liefhebben. En wat meer geld, Heer. Het is het slijk der aarde maar ik zit al zo lang krap. O ja, Heer en eindelijk een huis op een rustige plek. Heer, Uw naam zij geprezen – Mevr. M. Th. Janssen.' Ik voelde de neiging om de missive mede te ondertekenen.

Diverse malen was ik de jongeman van de overkant tegengekomen bij Simon de Wit aan de Rozengracht. Hij had een bijzonder langgerekt gezicht met grote ogen van een onbestemd waterig blauw.

Eén keer botste hij tegen me op. In plaats van zich te excuseren zei hij: 'U woont aan de overkant hè? Ik zie uw katten vaak voor de ramen zitten.'

Ik knikte. Hij liep met me op langs de diverse schappen. 'Een mooie blauwe lucht vandaag.'

Ik antwoordde dat ik zulks die ochtend reeds om half tien had geconstateerd.

Voordat hij zich kassawaarts begaf zei hij: 'Ik heet Joop.'

'Wat prettig voor je.'

Een week nadien sprak de oude man die ik voor Joops vader aanzag, me op de brug aan. Hij stelde zich voor als Zochjes. Zijn overgebleven hand omklemde de mijne als een bankschroef. Nu was ik genoopt mijn naam prijs te geven. Hij vroeg me of ik eens bij hem en zijn jonge vriend op visite wilde komen. Hij rook naar drank. Hij sprak foutloos en beschaafd met bijzonder welluidende stem.

Aanvankelijk reageerde ik afwijzend, maar hij bleek een doordrammer.

'U moet beslist mijn wapenverzameling eens zien,' zei hij en voegde eraan toe dat het voor Joop leuk zou zijn eens een leeftijdgenoot op bezoek te krijgen. 'U bent een jaar of dertig I presume?'

Hij schatte me zeven jaar jonger dan ik was. Beamend knikte ik. 'Joop is een moeilijke jongen meneer.' Zochjes trok de wenkbrauwen hoog op waardoor de vele rimpels in zijn voorhoofd vlak boven elkaar kwamen te liggen. 'Maar op mijn leeftijd kun je beter houden wat je hebt.'

Hij deelde me tevens mee dat hij oorlogsvrijwilliger was geweest. 'Waar ik niet allemaal heb gevochten! In het voormalige Nederlands-Indië, in Korea, in Israël en in Vietnam. Vietnam kostte me mijn linkerarm.'

Ik vroeg me af hoe een op het oog beschaafd mens ertoe was gekomen zo'n beroep te kiezen.

Eindelijk zei hij me niet langer te willen ophouden. Vóór hij zich omdraaide ried hij me aan *The king must die* van Mary Renault eens te lezen. Van schrijfster noch boektitel had ik ooit gehoord.

'Jacques vraagt of je morgenavond tegen zevenen op visite wilt komen.' Het was Joop die me, alweer bij Simon de Wit, aansprak.

Als iemand zich langdurig moest instellen op ontvangen of afleggen van bezoek was ìk het wel.

Tot mijn eigen verbazing beloofde ik te komen. Verheugd knikte hij en vroeg hoe mijn voornaam luidde.

Die hele verdere dag was ik uit mijn doen. Wat moest ik voor hen meenemen? Twee mannen kon je toch moeilijk een bos bloemen geven. Bonbons dan maar, besloot ik.

Precies om zeven uur liep ik de twee houten trappen op. In het trappehuis hing eenzelfde lucht als in oude scholen.

Joop nam mijn houthakkersjekker aan en hing deze aan de kapstok. 'Deze kant op alsjeblieft.'

Ik betrad een grote kamer. Op een roze tweezitsbank zat Zochjes. Een wit stoppelwaas promoveerde hem tot een zeventigjarige. Ik begroette hem en overhandigde de doos bonbons.

Joop hield het pakje vast terwijl Zochjes het papier eraf ritste. 'Bedankt hoor, ook namens Joop.'

'Lieve help,' zei ik, toen ik de brede muur achter het bankstel zag die geheel in beslag genomen werd door op haken hangende pistolen, geweren, sabels, dolken en zwaarden.

'Daar kijk je van op hè Frans?' Er klonk trots door in Zochjes stem. Ik merkte op dat het wel een wapenmuseum leek. De dolken, sabels en zwaarden waren alle in een schede gevat.

Zochjes stond op. Met zijn overgebleven arm wees hij op een geweer. 'Dit is een infanteriegeweer met bajonet uit de Atjeh-oorlog. Hoe vind je deze oude colt uit achttiendrieënzeventig? Punt vijfenveertig kaliber. Is dit geen prachtzwaard? Kijk eens naar de versieringen op het gevest. Bovenaan staat het jaartal gegraveerd, achttientachtig. Engels fabrikaat. Hier, een Springfieldgeweer uit achttiennegentig, single-shot, breech-loading.'

Hij plukte een dolk van de muur en reikte me die aan. Onder het handvat bevond zich een swastika in reliëf.

'Een ss-dolk, één van de beste.'

Hij wees een revolver aan en vertelde dat het een uniek Duits Bergmann-pistool uit achttienzesennegentig was.

Dwaas stond ik daar met die rotdolk in mijn hand.

'Leuke verzameling.' Ik gaf hem de dolk terug, me afvragend hoevelen ermee naar de andere wereld waren geholpen.

'U bezit vele schedes maar geen vrouw.'

Zochjes lachte, daarna trok hij zijn neus op. 'Als ik daaraan denk lust ik zelfs mijn borrel niet meer, ik heet Jacques, wees zo vriendelijk me te tutoyeren.'

Hij nam een slokje uit een jeneverglaasje en ging toen zitten.

'Ga jij hier zitten?' vroeg Joop en wees een fauteuil aan.

Op plechtige toon deelde Zochjes mee dat zijn verzameling voor een miljoen gulden was verzekerd, wat me overtrokken leek.

Joop vroeg wat ik wilde drinken.

'Koffie graag.'

'Wat saai! Geen borrel?' riep Zochjes.

Joop ging naar de keuken en kwam even later terug met een kop koffie. Zochjes pakte een platte met bruin leer of kunstleer beklede doos, die naast hem op een tafeltje lag.

'Mijn onderscheidingen...'

'... kan Frans straks ook nog bekijken,' onderbrak Joop hem geagiteerd.

Op de grote tafel stonden twee flessen, één met Schiedamse jenever en één met rode bessenjenever. Om de haverklap stond

Zochjes op om zijn kelkje vol te schenken. Joop vulde een colaglas half met rode bessenjenever.

'De was moet nog worden ingevocht,' zei Joop, terwijl hij zijn glas tegen het licht hield. 'Vóór ik naar bed ga wil ik die nog even strijken.'

'Dat gelul over de was en strijken! Moet dat als er visite is?' vroeg Zochjes strijdlustig. 'Hebben je burgerlijke ouders je geen manieren bijgebracht?'

'Mijn ouders zijn niet burgerlijk.'

Zochjes had de platte doos weer in zijn hand. Moeizaam stond hij op en waggelde op me af.

'Doe maar open.'

Ik opende de doos en bekeek de vele onderscheidingen op het rode fluweel. De gedecoreerde had hem al aardig om zodat ik amper iets van zijn uitleg verstond.

Joop schonk zijn colaglas bij. Hij had een rood hoofd gekregen.

'Die onderscheidingen hè, de helft komt van de rommelmarkt,' merkte Joop op.

Zochjes waggelde met de geopende doos naar de tweezitsbank. Ruggelings liet hij zich in de kussens vallen, de ordetekenen om zich heen strooiend. Hij wees naar Joop en schreeuwde: 'Jij benepen, ontrouwe, schijnheilige, gluiperige . . . eh, laat ook maar.'

Er viel een vervelende stilte.

'We kijken alle drie uit op de gracht.' Wellicht dat deze stompzinnige opmerking nog enig gesprek in gang kon zetten.

Inmiddels stond de kamer vol rook. Joop had de ene na de andere sigaret opgestoken.

Ik stond op, zei dat ik het bijzonder gezellig en leerzaam had gevonden, maar de volgende ochtend vroeg op moest.

Gedienstig haalde Joop mijn jekker. Zijn grote, nogal bolle ogen rolden als willoze knikkers in hun kassen.

'Je bent altijd welkom, altijd!' lalde Zochjes, 'dag en nacht!'

Ongeveer twee maanden later zag ik voor de woning van Zochjes en Joop een lijkwagen met twee volgwagens staan. Nu viel me pas op dat er lakens voor alle ramen van de tweede etage hingen. Joop kwam naar buiten, hij droeg een slobberig, zwart kostuum.

Wat zou er met de wapenverzameling gebeuren? Eén moment voelde ik de opwelling naar de overkant te gaan om Joop te condoleren.

Toen ik de stoet zag vertrekken schoot de boektitel *A farewell to arms* me te binnen.

Een week later kwam Joop 's avonds bij me. Hij maakte een opgeluchte indruk en vertelde over de crematieplechtigheid. Wat een mooi gezicht het was geweest toen die spaarzaam met bloemen bedekte kist langzaam in de vloer verzonk.

Er was nu echter een probleem: hij mocht nog maar één maand op die woning blijven. De familie van Zochjes had aanvankelijk gesteld dat Joop maar meteen naar Hulp voor Onbehuisden moest vertrekken. Ze hadden genoteerd wat er in de woning aanwezig was. Gelukkig had Joop de kwitanties van zijn eethoek, bergmeubel, televisie en bed kunnen tonen.

De overledene had flinke schulden nagelaten, maar de wapenverzameling was veel waard.

'Zou jij me niet even aan woonruimte kunnen helpen?'

'Hoe lang gaat dat duren?'

Hij haalde de schouders op. Als hij naar zijn ouders in het Gelderse Laren terug moest, was hij zijn baan bij de civiele dienst van een groot bejaardentehuis kwijt.

'Als je binnen een volle maand andere woonruimte hebt, vind ik het best. Denk eraan, hier zijn katten. Je zult steeds moeten controleren of er niet eentje je kamer is binnengeglipt, ze plukken je boeltje kaal.' Dit kon hem niet afschrikken.

Ik stelde voor dat hij de grote kamer zou nemen, daar stond bijna niets in. De katten zouden nog ruimte in overvloed hebben in de kleinere kamer, gang en keuken.

Onderzoekend keek hij me aan. 'Je bent veels te mager, als je beter wordt gevoed ben je best een knappe vent.' Ik keek naar zijn handen die groot en moederlijk waren.

Hij sprak met een vreemd accent, zeker Gelders. Vragend keken zijn grote fletsblauwe ogen me aan.

Hij vertelde dat hij voor Zochjes had gezorgd. Ik vroeg me af hoe die twee aan elkaar gekomen waren.

Hij stelde voor dat we de huur, het gas en licht, het etensgeld fifty-fifty zouden betalen; waarmee ik instemde.

'Gezellig 's avonds naar de televisie kijken.'

Ik gaf te kennen dat ik dat medium verafschuwde, vaak naar mijn grote collectie klassieke grammofoonplaten luisterde en af en toe een half uurtje las.

Ik bood hem een kopje oploskoffie aan. We zaten op de groen geverfde houten keukenstoelen die ik op straat gevonden had.

Kritisch keek hij de kamer rond. 'Het is hier niet zo schoon, morgen zal ik schoonmaakspullen kopen. Ik zal je hele huis schoonmaken. In déze kamer komt vloerbedekking hoor, bah, dat oude zeil met die verfklodders, afschuwelijk, daar kan ik mijn mooie spulletjes toch niet op zetten? Ik koop wel van die losse tapijttegels, die kan ik gemakkelijk weer meenemen ook.'

Zijn energie was onuitputtelijk. Na een dag werken ging hij nog uitgebreid koken en dat deed hij voortreffelijk. Daarna wilde hij per se nog iets schoonmaken, in de keukenkastjes moest kastpapier, enzovoort. Dwangmatig ploeterde hij door terwijl het zweet van zijn gezicht gutste. Soms keek hij een hele avond naar zijn televisie of draaide zijn geliefde popmuziek.

Zijn kamer leek op de toonzaal van een meubelzaak, een indruk die nog werd versterkt door de geur van nieuwe donkerblauwe Heugafelt-tegels.

In zijn bergmeubel lagen vier Prismaboekjes, getiteld: *Biggles en zijn makkers, Biggles als detective, Biggles en de kroonjuwelen* en *Biggles in de Jungle*. Had hij die uit nostalgie van thuis meegenomen of las hij deze jongenskost nog?

Naast zijn gebloemde kopjes en schoteltjes, gebakstel, glazen, enzovoort stonden twee flessen rode bessenjenever.

Hij verstelde mijn kleren, streek mijn overhemden, perste een vouw in mijn broeken, maakte zelfs mijn bed op.

Onze conversatie was weinig boeiend. Geduldig luisterde ik naar zijn verhalen over het bejaardentehuis: de koffiedames, de portier, de dames van de linnenkamer, de Turken die het grove werk verrichtten, de meisjes in de broodkeuken van wie er enkelen een deel van het voor de oudjes bestemde beleg opvraten. Hij vertelde over oudjes die van de trap vielen of die zomaar naast hun looprek waren doodgevallen.

Zijn vader was tien jaar daarvoor vanwege een rugkwaal afgekeurd. Hij had altijd hard gesappeld voor een laag loon. Hij was chauffeur op een vleesvervoerwagen geweest waarmee koeie- en varkensvlees zo snel mogelijk naar de Parijse Hallen moest worden vervoerd. Lange, afmattende, vaak nachtelijke ritten.

Het gezin was zo arm geweest dat de vader genoodzaakt was stukken vlees af te snijden van de gevilde koeien en varkens die aan grote haken in de vrachtruimte hingen. Niemand merkte dat en het gezin at vlees. In de perioden dat hij vrij was bracht de vader graag zijn tijd in cafés door; hij hield wel van een stevige borrel. De moeder zat dan met de twee kinderen thuis. Ze heeft het hem nooit vergeven. Haar wrokkige houding jegens hem zou me later duidelijk opvallen. Joop zei dat zijn ouders inmiddels te oud waren om nog te gaan scheiden.

Joop zorgde voor aardig wat stof in mijn dagboek.

Over mijn jeugd en verleden verstrekte ik hem gedoseerde informatie, hij was me wat al te nieuwsgierig. Ik vertelde hem wel hoe weinig verantwoordelijkheidsgevoel mijn vader had getoond. Dat hij niet mijn echte vader was geweest, verzweeg ik. Ook vertelde ik welke familieleden wij door de oorlog waren kwijtgeraakt.

Op een nacht schrok ik wakker doordat de katten van het bed af sprongen.

In de deuropening stond Joop. Ik knipte het leeslampje aan. Het was half drie.

Hij liep naar mijn bed waarvoor hij aarzelend bleef staan, zijn pyjamabroek ophijsend. Ik rook de flauwe geur van rode bessenjenever.

'Wat kom je doen? Ik sliep.'

Hakkelend verklaarde hij niet te kunnen slapen. 'En toen dacht ik: Kom, ik ga even bij Frans aan.'

De katten begonnen te miauwen, die dachten vast dat het al ochtend was.

'Zorg ik goed voor je?'

Beamend knikte ik.

'Ik heb mijn ouders en zuster geschreven dat wij zulke goede vrienden zijn geworden. Binnenkort neem ik telefoon, dat is ook fijn voor jou.'

Ik vroeg me af wie ik dan moest opbellen.

'Je mag best even bij me in bed komen, het mijne is een twijfelaar, dit hier is zo smal.'

'Doe ik je daar een plezier mee?'

Heftig begon hij door zijn neus te ademen. 'Ja, ja,' bracht hij schor uit.

Ik sloeg de dekens terug en stapte uit bed.

'Ga jij maar, ik kom zo.' Gedwee verdween hij.

Ik liep naar het raam, schoof het gordijn iets opzij en staarde naar buiten. Ik dacht aan Hanna, Carla, maar vooral aan Sientje en Han. Toen liep ik naar Joops kamer. Voor zijn bed bleef ik staan. Onzeker keek hij naar me op.

'Alleen maar even lief zijn voor elkaar,' zei hij hees en sloeg de dekens op. Hij was naakt. Even zag ik zijn brede, bijna vrouwelijke heupen. Snel ging ik naast hem liggen en trok de dekens over ons heen.

Waarom voelde ík schaamte omdat híj naakt was?

Hij knipte het schemerlampje naast het bed uit. Hij tilde mijn hoofd wat op en dwong zijn arm eronder. Een onaangename transpiratiegeur trof me. Met hete adem fluisterde hij in mijn oor dat hij al van me hield sedert hij me bij Simon de Wit had ontmoet.

'Ik mag toch wel van jou zijn?' vroeg hij en overdekte mijn gezicht met woeste kussen, die ik zoveel mogelijk trachtte te ontwijken. Een kring van jeneverlucht omgaf ons.

'Voel eens hoe erg het met me is, dat heb jij gedaan,' fluisterde hij, pakte resoluut mijn hand en dwong deze naar zijn onderlichaam. Tegelijkertijd stak hij een haastige hand in mijn pyjamabroek. Hij hanteerde hem zodanig dat ik er vrijwel zeker van was het aan mezelf te voltrekken.

De daaropvolgende dagen repten we niet over het gebeurde.

Gedurende enkele maanden kwam hij één- of tweemaal per week 's nachts mijn kamer binnen. In zijn kamer speelde zich dan hetzelfde af als de eerste keer.

Toen had ik er opeens geen zin meer in. Als een verslagene sloop hij weg.

Tien minuten later stond hij weer voor mijn bed.

'Voel je dan niets voor me?'

Na het boodschappen doen had ik mijn portefeuille op het aanrecht gelegd. Daarin zat onder meer een foto die Sientje me eens had gegeven.

Ik zat mijn dagboek bij te werken toen hij met haar foto mijn kamer binnenstormde. Hij had alweer gedronken.

'Wie is dat?'

'Een achternichtje.'

'O, ja? Je hebt toch geen familie meer?' schreeuwde hij uit een rode kop.

Kalm legde ik hem uit dat ik alleen nog een achter-achternichtje bezat en dat was zij.

Met een van hysterische woede vertrokken gezicht riep hij: 'Je houdt het stiekem met haar! Ik weet het wel!' Hij schreeuwde dat hij overdag geen controle op me kon uitoefenen.

Ik repliceerde dat ik dat evenmin op hem kon, dat het me overigens geen barst interesseerde wat hij uitvoerde.

Hij zwaaide met een gebalde vuist. 'Je vader was ook zo lekker niet!'

Daar moest ik om lachen.

'Ik wil weer alleen wonen, kun je niet met spoed andere woonruimte zoeken?'

Huilend viel hij aan mijn voeten neer; nooit had ik iemand zó snel van repertoire zien veranderen.

Alsof hij haar had opgeroepen kwam ik Sientje enkele dagen later in de Ferdinand Bolstraat tegen. Ze liep achter een kinderwagen.

'Hallo, hoe is het met jou?'

'Met Sientje gaat het goed.' Ze scheen verwonderd noch blij me te zien.

Je moest eens weten, dacht ik, hoeveel deining jouw beeltenis heeft veroorzaakt.

Ik wees op de baby. 'Is die van Han?'

Ze antwoordde dat ze die al was vergeten. Ik zei dat ik hem beslist niet was vergeten.

Ze vertelde dat de baby Gino heette. Hij was van een Italiaanse schilder die bij hen het huis had opgeschilderd.

'Sientje was helemaal aan die vent verslingerd. Hij beloofde Sientje met haar te trouwen maar hij vertrok met de noorderzon. Papa is het gaan uitzoeken. Die vent bleek al getrouwd, hij heeft een vrouw en twee kinderen in Italië.'

Hoofdschuddend keek ik haar aan. 'Je bent een vleesgeworden liedje van Annie M. G. Schmidt.'

Ze wierp me een achterdochtige blik toe.

'Is je vader blij met zijn kleinzoon?'

'Papa is gek met Gino.' Ze knikte nadenkend en trok toen die trieste mond die ik zo goed kende. Ik wilde mijn armen wel om haar heen slaan, mijn gezicht in haar haar duwen; zou dat nog steeds naar honing geuren? Ik voelde ontroering, iets wat me zelden overkwam.

Ze straalde iets zinnelijks uit. Een gevolg van het moederschap of had ik het destijds niet opgemerkt? Het verlangen overviel me veilig met haar in het brede doublé bed te liggen.

'Op welke kamer woon je nu?'

Ik vertelde dat ik niet meer op een kamer woonde maar een eigen woning had.

'Zo, je bent erop vooruitgegaan.'

'Zeg dat wel.'

Ik boog me naar het kindje toe. Het had de teint van baby's die in zuidelijke landen zijn geboren, prachtig zwart krulhaar en glanzende, diepbruine ogen.

Stil en verwonderd keek de baby terug.

'Nu, het beste met je,' zei Sientje.

'Met jou ook.'

Omkijkend zag ik haar naaldhakken en zwarte kousen met ingeweven motief.

Wat zou er van haar terechtkomen als haar vader kwam te overlijden?

Ik bedacht dat hij haar baby niet had kunnen voorkomen.

Enkele malen was ik met Joop naar zijn ouders in Laren meegegaan. Bij die gelegenheden hadden we een kleine Fiat gehuurd. Joop chauffeerde en kookte uitstekend. Meer talenten kon ik niet in hem ontdekken.

De moeder was een dikke matrone die er in haar jeugd aardig moet hebben uitgezien. Wantrouwend bekeek ze me. De vader deed niet anders dan Joop continu vertellen wat hij wèl of niet moest doen. Joop antwoordde almaar 'ja papa' of 'nee papa'.

's Middags speelden ze urenlang kaart, terwijl de radio eindeloze voetbalreportages de kamer in schreeuwde. Ik ging dan een eindje wandelen en bleef meestal anderhalf uur weg.

's Avonds, tijdens het televisie-journaal, gaf Joops moeder heftig af op de in ons land wonende allochtonen.

Conflictloos verliepen er enkele maanden.

Eindelijk had Joop het initiatief genomen 's avonds op stap te gaan. Vaak bracht hij de nacht elders door.

We zaten te eten toen hij warempel wéér over mijn achter-achternichtje begon. Waar woonde ze? Konden we niet eens bij haar op bezoek? Ik wist inmiddels dat hij snuffelde, dus had ik mijn dagboeken veilig in een kluisje bij de Kas-Associatie in de Spuistraat gedeponeerd. Dat achter-achternichtje bleef door zijn hoofd spoken. Het ene woord haalde het andere aan.

Kwaad liep hij naar het bergmeubel en schonk zichzelf een driekwart colaglas met rode bessenjenever in. Alsof het limonade was klokte hij het in drie slokken naar binnen.

In de keuken stond een geschenk van zijn zus Til, een stenen schaal waarin eieren werden bewaard. Het deksel vormde, samen met de schaal, een fraai beschilderde broedende kip.

Horendol wierp ik het deksel naar zijn hoofd. Het schampte zijn wang en viel aan stukken. Op zijn jukbeen zat een schram. Hij snelde naar de spiegel.

'Ik bloed!'

Ik ging naar mijn kamer en sloot de deur af. Vrijwel onmiddellijk kreeg ik spijt van mijn onbeheerste uitval. Hij zorgt beknellend goed voor je, zei een inwendige stem, hij is vriendelijk voor je dieren, kan hij het helpen dat-ie een hysterische inslag heeft? Jij hebt ook heel wat weeffouten.

Ik liep naar zijn kamer. De deur was op slot. Ik bleef ervoor staan.

'Mamma bent u het?' klonk het huilerig. 'Frans heeft die mooie kip die ik van Til gekregen heb op mijn hoofd in stukken geslagen, ik zit onder het bloed.'

Het bleef even stil. Waarschijnlijk werd er nu aan de andere kant commentaar op mijn afkomst geleverd.

'Nee mamma, ik deed niets, ik zat gewoon te eten. Ineens kwam hij met die kip de keuken uit.'

Een langere stilte viel.

'Bijna elke week slaat hij me in elkaar.'

Ik kwam er mooi gekleurd op te staan.

Enkele dagen spraken we niet tegen elkaar. Hij bleef echter trouw voor me zorgen.

Ik maakte de kattebakken schoon, toen hij de keuken binnenkwam.

'Kunnen we weer gewoon doen?'

Ik knikte. 'Maar ik wil binnenkort wel graag weer alleen wonen.'

'Ga je wel mee naar Til haar verjaardag? Je moet aan niemand vertellen dat we niets... ik bedoel... laat ze maar denken dat we...'

Onverschillig knikte ik.

Er kwam een vrouwelijke collega van me op visite. Ik stelde Joop voor als 'mijn huisgenoot'. De korte blik die hij me toewierp behelsde machteloze woede. Desondanks draafde hij ijverig met espressokoffie uit zijn pas aangeschafte espresso-apparaat. Hij straalde toen ze hem met zijn zelfgebakken chocoladecake complimenteerde.

Het was midden december.

Hij riep of ik naar zijn kamer wilde komen.

Als verstijfd bleef ik in de deuropening staan: als een hoerig opgedirkt verwijt stond daar de afgodsboom.

De elektrische kaarsjes waren wit, de versiering echter bestond uit grote ballen van een glinsterend ogentreiterend paars, gifgroen, pisgeel, valsrood. Slingers, in zulke venijnige kleuren dat er nog namen voor moesten worden bedacht, kropen als slangen door het groen.

'Hoe vind je hem?'

Het recht zijn kerst te versjteren had ik niet.

'Mooi.'

Op eerste kerstdag zouden zijn ouders al vroeg komen en warm blijven eten. 's Avonds zou Joop met hen terugrijden (ze bezaten een oude auto) en tweede kerstdag thuis doorbrengen. Gelukkig kon ik niet mee vanwege de verzorging van de katten.

Het werd me een drukte van belang. Enkele uren trok ik me op eigen territorium terug.

Terwijl ik mijn dagboek bijwerkte schoot mij de middag vóór kerstavond, het jaar daarvoor, te binnen.

Er werd gebeld. Ik keek uit het raam. Naast een auto stond een man met een pakket. Hij keek naar boven. Ik ging naar beneden toe.

'Bent u Ponitel?'

'Zoiets ja.'

Hij overhandigde me het pakket. 'Dat is voor u, prettige kerstdagen.'

'Van wie komt dat?'

Hij stapte in de wagen, draaide het raampje open en antwoordde dat hij het niet wist.

'Pakketten bezorgen en niet weten van wie?' riep ik, maar hij was al weggereden.

Voorzichtig liep ik met de bruin kartonnen doos de trappen op. Bovengekomen plaatste ik hem voorzichtig op het aanrecht en legde mijn oor er tegenaan, er kon wel een bom in zitten.

Op een strookje stond in blokletters mijn verkeerd gespelde naam.

Uiteindelijk besloot ik het risico te nemen. Ik scheurde het brede kleefband van de doos af. De inhoud bestond uit: een fles wijn, een gembersnijkoek, een zakje studentenhaver, een zakje zoute pinda's, een blikje ananasschijven, een blikje gepelde mandarijntjes, een doos bonbons, een in plastic verpakte Unoxworst, een blik knakworstjes, een blikje tonijn, een blikje roze zalm, een pak koffiebonen en een blikje gezoete gecondenseerde melk.

Dat blikje melk herinnerde me aan een voorval vlak na de oorlog. Moeder – een echte lady – had twee forse tegenover elkaar liggende gaten in het blikje aangebracht. Zich onbespied wanend liet ze het witte, stroperige spul in haar mond lopen. Op dat moment kwam ik thuis uit school.

'Ik kon zo gauw geen kopje vinden.'

Op het blikje, dat uit Amerika kwam, stond een fletsrode koe afgebeeld. Daaronder stond FULLCREAM SWEETENED CONDENSED MILK.

Ik zette de uitgepakte doos in de gang. Onmiddellijk dook één van de katten in de knisterende houtwol. Nieuwsgierig besnuffelden de andere katten de doos.

Nooit zou ik te weten komen wie de gever of geefster was. Even nog verdacht ik Sientjes vader, maar hij wist niet dat ik was verhuisd.

Joop en zijn moeder waren al geruime tijd in de keuken doende. Mijn gedachten gingen terug naar de jaren tussen negentienvijfenveertig en negentienvijftig.

Moeder en ik begaven ons af en toe naar de Plantage Parklaan waar, in een oud wit gebouw, de sociale afdeling van het Oost Joods Verbond zetelde. We sloten ons aan bij de rij van – financieel berooide – overgeblevenen. Ieder kreeg een pakket uitgereikt door doctor Gerstenfeldt. Waarin hij doctor was wist niemand te vertellen. Hij was van Poolse origine maar had zijn naam verbasterd. Hij was klein en corpulent, ongeveer veertig. Op zijn krullende zwarte haardos troonde een met gouddraad bestikt *keppeltje*.

Op hoogtijdagen zoals *Pesach* en *Rosj ha-sjana*, kregen we een extra groot pakket. Natuurlijk was de inhoud koosjer: boter, matzes, matzemeel, erwten, bonen, thee, suiker. Op Rosj ha-sjana was er altijd een klein potje honing bij.

Doctor Gerstenfeldt streek me altijd even over het haar, één moment keek hij me triest aan. 'Voor je moetter en jou.'

Ik bedankte en gaf hem vormelijk een hand.

Moeder bedankte hem ook. Daarna verlieten we gehaast het gebouw.

'Schiet op,' moeder holde bijna, 'ik wil niet dat bekenden ons zien met dat pakket.'

Eén van de katten sprong tegen mijn kamerdeur op. Ik deed open.

In de keuken klonk gerammel van potten en pannen. Daar bovenuit stak Joop een litanie af betreffende mijn vele tekortkomingen.

De moeder antwoordde dat 'joden toch een bepaald slag lui waren.'

Zacht sloot ik mijn kamerdeur.

Er school enige waarheid in wat hij haar vertelde. Zoals een bedelaar aan de neiging tot liefdadigheid appelleert, zo riep hij de handeling in me op hem meer dan eens met de uitgaven te bedriegen en deze ten eigen bate te besteden. Ik vermoedde dat hij het wist.

We bezaten een gezamenlijke huishoudpot, bestaande uit een langwerpig metalen trommeltje met gleufjes erin waarboven stompzinnig stond: HUUR / GAS EN LICHT / KLEDING / VERZEKERINGEN. Wat mij betreft stond er over de gehele breedte: SMARTEGELD VOOR HET INLEVEREN VAN PERSOONLIJKE VRIJHEID.

Soms zag ik een paar grammofoonplaten of boeken die ik graag wilde hebben. Ik nam geld uit de huishoudpot en kocht ze.

Dan weer zag ik een paar dure schoenen, echt klasse, leren binnenzool, doorgestikte leren buitenzool, het bovenmateriaal van zachtglanzend leder.

Thuisgekomen vroeg Joop wat die schoenen hadden gekost. Het waren altijd koopjes of zogenaamde 'reizigersexemplaren', er waren er maar drie paar van geweest, alle maat zeven. Joop had maat vierenveertig, enorme voeten.

'Is het huishoudgeld nu al weer op?' vroeg hij verwonderd.

Met een tragische trek op mijn gezicht legde ik hem uit dat

het leven met de dag duurder werd; er waren zelfs produkten die elke veertien dagen in prijs stegen. Het was niet meer bij te benen.

Zwijgend knikte hij dan en deponeerde geld in het trommeltje.

Ik had wroeging, maar niet tegenover hem. Steeds onderging ik de vreemde sensatie wijlen mijn moeder te bestelen.

Eindelijk hadden ze het eten panklaar.

Vader, moeder en zoon gingen – ik verwachtte niet anders – kaarten.

Joop vroeg me of ik voor de broodmaaltijd wilde zorgen.

Uit de broodtrommel nam ik een kerstbrood en een reeds gesneden bruinbrood. De boterhammen legde ik op een grote schaal. Uit de koelkast nam ik diverse zakjes met beleg. De roomboter was keihard.

Jullie zullen uit een joodse mond eten, besloot ik, sneed een stuk boter af en kauwde erop tot het smeerbaar was.

Even later kwam ik met het tot driehoeken gesneden bruinbrood en drie royaal besmeerde kerstplakken de kamer binnen. Joop had, praktisch als hij was, al koffie in de grote thermosfles klaarstaan.

'Haal jij even de koffiemelk?' vroeg hij.

Toen ik daarmee terugkwam zaten ze alle drie gretig in het brood te happen.

'Da hedde gij prima gedoan,' prees de moeder al kauwende.

De bal van Ajax

De huisgenoot had zeker vettige oren, steeds was het luistergedeelte van de telefoonhoorn enigszins aangekoekt. Ik bevochtigde een watje met alcohol en maakte de hoorn schoon. Daarna tilde ik het toestel op om aan het wieltje eronder te draaien en de bel zachter te zetten.

Op dat moment begon het ding te rinkelen. Van schrik liet ik het vallen. Het apparaat was niet stuk maar de verbinding was verbroken. Het gesprek zou wel voor Joop zijn geweest, die had nogal wat bekenden.

Nauwelijks had ik de hoorn op het toestel gelegd of daar ging het ding alweer tekeer.

Het was een hoofdverpleegster uit het Binnen Gasthuis die vertelde dat mevrouw Jansen weer aardig was opgeknapt. Wilde ik zo vriendelijk zijn de prothese te brengen? Dan kon de patiënte weer wat lopen.

Ik vroeg of ik ook het looprek moest meenemen.

'Nee, daar hebben we er hier voldoende van.'

Dit keer was Riek opgenomen, omdat er iets niet in orde was met haar bloed.

Ik leidde een vreemd en ongecoördineerd bestaan. Ik deed boodschappen voor 'onze' huishouding en voor Riek Jansen. Joop kookte voor mij en ik maakte Rieks eten panklaar, stofzuigde haar woning en ging voor haar naar de wasserette.

Nu moest ik snel naar Rieks huis om de prothese te halen.

Voor ik vertrok controleerde ik of alle katten er waren. Zodra ik aanstalten maakte om weg te gaan, verstopten ze zich vaak her en der. Ik gaf oude Kat een afscheidskus op haar kopje. Toen mijn hoofd het hare naderde keek ze op met haar typische uitdrukking van wantrouwen tegenover het hele mensdom.

'Binnenkort hebben we een huis met een tuin en een boom waarin je kunt klimmen,' beloofde ik haar. Dergelijke zotteklap gaf me het gevoel de verwezenlijking van deze oude, taaie droom dichterbij te halen.

Onderweg bedacht ik dat ik de onlangs aangeschafte grammofoonplaat nog niet had beluisterd. De plaat was afgeprijsd omdat het een oude opname betrof.

Van Bachs pianoconcert in D mineur had ik alleen nog de melancholie van het adagio in mijn herinnering. Solist was Vladimir Ashkenazy, dirigent David Zinman, het orkest The London Symphony.

Ashkenazy had, evenals ik, een bochel in zijn neus. De grote foto van zijn gezicht en profil, die de gehele voorzijde van de hoes in beslag nam, flatteerde hem niet.

Het was maar goed dat ik geen vaste baan had; waar zou ik de tijd vandaan moeten halen? Af en toe had ik nog migraine-aanvallen, lag dagenlang op bed, lichtflitsen schoten voor mijn ogen, de kamer draaide, het bed wiebelde. Ik kotste tot ik alleen nog maar geel schuim produceerde, maar het kokhalzen hield aan.

Ondertussen was ik bij Rieks woning aangekomen. Ik knipte mijn sleutelbos los van mijn broeklus en zocht naar haar sleutel.

Binnen rook het muf, ik mocht wel eens luchten, stof afnemen en stofzuigen alvorens de oude ziel thuiskwam. Ook moest ik Humanitas bellen. Van die instantie kreeg ze driemaal per week tweeëneenhalf uur hulp. Lastig was dat, zodra er iemand enigszins was ingewerkt, er prompt een ander verscheen die dan weer door Riek geïnstrueerd moest worden. Van daadwerkelijke hulp was weinig sprake.

Naast haar grammofoon lagen enkele nieuwe aanwinsten. Smartlappen: Freddy Breck, Freddy Quinn, Heino; ik veronderstelde dat hij slechtziende was vanwege die eeuwige zonnebril op dat enge gezicht.

Af en toe kocht ik een tweedehands plaat voor Riek.

Toen ik eens op de rommelmarkt rondstruinde, zag ik daar een plaat van Zarah Leander. De koopman vroeg er maar één gulden vijfentwintig voor.

Zarah L. was Rieks favoriet; wat was ze blij met die aanwinst geweest! Was het niet Jaap Harten die Zarah L. eens als 'bas met buste' omschreef?

Ik vond Rieks smaak voor 'muziek' verschrikkelijk. Als ze een plaat draaide was het alsof iemand een pot stroop over me uitgoot.

Riek miste, behalve haar rechterbeen en -knie ook haar linkerborst. Ik hoopte dat ze niet nog meer van het mens zouden afsnijden.

Ik keek op mijn horloge. Half drie! Als ik nu die continue gedachtenstroom niet indamde, kwam ik tot niks meer.

De prothese lag op het onopgemaakte tweepersoonsbed. Het gevaarte bestond uit een extra stevig corset met rijgveters over de gehele breedte van de achterzijde, daaronder bevond zich een huls voor de stomp van het dijbeen. Onder de huls zat het scharnierende kniegewricht (dat regelmatig geolied moest worden, anders ging het piepen) en daaronder het vleeskleurige plastic been. De kous was afgezakt. Aan de voet zat een bruine schoen. Onder een stoel vond ik de andere schoen. Uit de ladenkast nam ik enkele 'stompkousjes'.

Moest ik nu een taxi nemen? Riek was zuinig, misschien zou ze de pest in krijgen. Mijn onlangs voor tweehonderdvijftig gulden aangeschafte stokoude Volkswagen-kever had een lekke knalpot, de accu was ook aan vernieuwing toe.

Een plastic vuilniszak, dat was de oplossing. In het keukenkastje lag er nog één. Met veel moeite kreeg ik de prothese er tot en met de knie in. Het been met de afgezakte kous en de schoen bleef eruit steken.

Met de plastic zak onder mijn arm verliet ik haar woning. In de verte zag ik lijn dertien aankomen.

In de tram keek iedereen verwonderd naar het been, enkelen vertrokken hun gezicht van angst. Met gemak kon ik me een weg door de volle tram banen; iedereen week opzij.

Toen ik ging zitten, vloog de vrouw naast me met een gil op. Een man vroeg me wat dit te betekenen had. Ik legde uit wat het was en waar het heen moest. Hij begon te lachen.

Bij het Centraal Station stapte ik over op een tram richting Rokin. Weer angstige en verbaasde mensen, die opzij vlogen. Nu begreep ik hoe in vroeger tijden een pestlijder met een ratel zich gevoeld moet hebben.

In het Binnen Gasthuis gekomen moest ik nog door heel wat gangen, dat gebouw was net een ouderwets labyrint. Overal zaten mensen met sombere gezichten te wachten.

'Kijk daar eens, lieve god, wat afschuwelijk!' riep een jonge vrouw, de wachtenden naast haar aanstotend.

'Tja mevrouw, als we hier haast hebben amputeren we het been met kous en schoen er nog aan,' riep ik haar toe, naar de lift hollend.

In de lift was ik alleen. Ik drukte op het knopje voor de tweede verdieping.

In de gang stond een verpleger, die ik van gezicht kende.

'Ha, het been,' was zijn reactie.

Samen liepen we naar de glazen kooi waarin Riek, voor iedereen te kijk, lag. Ze was lastig. De dag na haar opname was ze van de zaal verwijderd en naar dit aquariumachtige vertrekje overgebracht.

Haar gezicht klaarde op toen ze me zag.

'Als ik eenmaal loop, krijgen ze me die apenkooi niet meer in. Gisteren heb ik uit woede de pispot door dit hok gegooid. 't Zijn allemaal krengen hier, of het nu dokters of verpleegsters zijn!'

Ik deponeerde de prothese op een kast en ging naast haar bed zitten.

'Wind je maar niet zo op, jij bent ook niet zo gemakkelijk.'

Ik had een kalmerende invloed op haar of misschien hield ze zich bij mij noodgedwongen koest omdat ze zonder mijn hulp allang in een verpleegtehuis zou zitten. Ze trok zich op aan de papegaaiebeugel boven het bed. Ik propte een extra kussen achter haar rug.

'Eergisteren hebben ze drie buisjes bloed van me afgetapt. Als dat in orde is, mag ik overmorgen naar huis.'

Het bloed gaat waar het niet stromen kan, dacht ik.

Ze vroeg me of ik dan die ochtend om elf uur in haar woning wilde zijn, want dan kwam ze thuis met de ambulance. Ze zou me laten bellen als het niet doorging.

Als ze thuiskwam, wilde ik haar dan opwachten met koffie en gebak? Ze pakte haar portemonnee, die ze angstvallig onder de hoofdkussens had verstopt, en gaf me een biljet van honderd gulden.

'Heb je het niet kleiner? Laat maar, ik trakteer op dat gebak.'

'Hier, hier.' Ongeduldig duwde ze me het geld in de hand.

'Jij trakteert op gebak, want dit is jouw geld. Voor de rest koop je maar wat grammofoonplaten, hier, houd het nu eindelijk eens vast.'

Ik was overdonderd. Zij en haar man hadden altijd zo zuinig, op het gierige af, geleefd. Maar het aannemen schiep ook een verplichting.

'Nou, zeg eens wat jongen.'

Ik zei dat het te veel was.

'Deel het dan maar met Joop.'

Ik trok een bedenkelijk gezicht.

'Dat wil je niet, hè?'

Een stroom van nieuw, begerig leven scheen in haar te vloeien. Samenzweerderig keek ze me aan, haar twee onderkinnen trilden.

'Hij is wat te vrouwelijk, hè?'

Ik vroeg me af of ze haar hele leven al 'hè?' achter elke vraag had geplaatst.

'Hij kookt en verstelt kleding als een vrouw, maar hij rijdt auto als een vent.' Waarom begon ik hem te verdedigen?

'Toch is hij niet geschikt voor jou.' Doordringend keek ze me aan.

'Als de auto is gerepareerd gaan we weer eens naar Zandvoort.'

Ze greep mijn hand. 'O, schat, wat zou dat fijn zijn.'

Anderhalve maand daarvoor waren we naar Zandvoort geweest. Het was een omslachtige onderneming om haar compleet in de kleine auto te krijgen. Ze ging er zijdelings in zitten, schoof wat naar links en tilde haar linkerbeen in de auto. Wijdbeens zat ze daar, de prothese nog buitenboord. Ik hurkte en trachtte dat weerbarstige kunstbeen in de wagen te duwen. Toen ik het eindelijk in de auto had, schoot het, alsof het plotseling tot leven was gekomen, tegen de portierrand aan zodat het onmogelijk was de deur te sluiten.

Toen we over de boulevard reden, draaide ik het raampje aan haar kant naar benden.

'Wat heerlijk, wat een plezier doe je me hiermee jongen.'

Aan het eind van de boulevard, vlak bij de Kennemerduinen, was een nieuw paviljoen verrezen. Je had daar een prachtig uitzicht. Het was voor Riek gemakkelijk er te komen omdat er geen trappen waren. Ik nam het looprek van de achterbank en hielp haar met uitstappen; dat verliep redelijk vlot.

Steunend op het looprek keek ze naar de zee. Diep snoof ze de zoutige lucht op.

Ze bestelde koffie, die we zwijgend opdronken. Daarna ging ik een stukje lopen op het harde gedeelte van het strand terwijl zij daar zat te genieten. Toen ik van mijn wandelingetje terugkeerde, vroeg ze of ik ergens trek in had. Ze bestelde twee uitsmijters. Vredig zaten we daar te eten.

Ze stond erop te betalen. Op de terugweg gaf ze me nog tien gulden voor de benzine.

Als ik boodschappen voor haar had gedaan, was ik altijd overdreven consciëntieus met het optellen van de kassabonnen en uittellen van het wisselgeld. Ik stond erop dat ze haar leesbril opzette en samen met mij de bedragen controleerde.

Met Joops geld sprong ik minder gewetensvol om.

Rieks voormalige buren in de Jordaan waren niet van haar gecharmeerd. Ze noemden haar een Kenau die voor haar man, een ijverige timmerman, een kreng was geweest. Die man had zich letterlijk te pletter gewerkt, zei men.

Toen ik haar leerde kennen, woonde ze met haar man op één hoog in de Laurierstraat. Een ouder echtpaar dat ik regelmatig op hun bromfietsen voorbij zag komen. Vaak 's morgens vroeg, uitgerust met hengels, beiden waren verzot op vissen.

Bij Simon de Wit aan de Rozengracht ontmoette ik haar regelmatig. Onveranderlijk stelde ze me dezelfde vraag: 'Hoe is het nu met je, jongen?' Alsof ik een slepende ziekte had.

Het was ook daar dat ze me vertelde dat haar linkerborst geamputeerd moest worden. Maandenlang zag ik haar niet. Toen ik haar weer tegenkwam, was ze dikker geworden. Dat kwam door de Prednison-tabletten. Op de plek waar de borst was weggenomen werd ze nog bestraald.

Snel daarna begon ze met het rechterbeen te sukkelen, het had iets met de aderen van doen. Aanvankelijk volstond men met amputatie van de voet. Het trappen lopen werd bezwaarlijk, het echtpaar verhuisde naar een benedenwoning aan de Van Spilbergenstraat.

Anderhalve maand na de verhuizing overleed haar man aan een hartinfarct.

Volgens Riek hadden ze altijd heel zuinig geleefd. Nu bezat ze een spaarbankboekje met drieëntwintigduizend gulden erop.

'Voor mijn oude dag,' zei ze.

Met niemand mocht ik over de spaarduitjes spreken.

'We hielden ons altijd zo arm mogelijk. Dat is het beste wat je kunt doen jongen, dan ben je in veel opzichten het voordeligst uit.'

Vaak mopperde ze over ene Henk, een neef, die maar eens per jaar kwam en op wie ze toch echt gesteld was.

Mijn huishoudelijke werkzaamheden bij Riek werden uitgebreid met die van een verpleegkundige. Haar huisarts instrueerde me hoe de prothese te bevestigen. Steunend op het looprek kon ze nog aardig door het huis scharrelen en kleine bezigheden verrichten.

De arts leerde me ook andere handelingen. Elke avond smeerde ik de enigszins holle plek waar de borst was geamputeerd in met zalf. Door de vele bestralingen was de huid daar veranderd, het leek wel een luchtfoto van de Sahel: donkerbruim, rimpelig, droog en gebarsten. Onder haar linkerarm bevond zich een gigantische bult. Pal onder de huid-oppervlakte daarvan lag een netwerk van kleine en grote blauwe aderen. Ik dacht aan een wereldbol. Regelmatig puncteerde de arts de bult, die er niet af mocht.

Om de andere avond diende deze bult te worden ingesmeerd teneinde openbarsten te voorkomen.

'Zullen we de bal van Ajax weer eens even invetten?' vroeg ik dan.

Steeds moesten we daar weer om lachen.

Op een nacht maakte Joop me wakker.

'Riek belde net. Of je wilt komen.'

Ik kleedde me aan en reed naar haar toe.

Ze zat rechtop in bed en keek me met verwilderde blik aan.

'Ik ben bang voor de dood.'

Ik ging naast haar op de rand van het bed zitten en hield haar hand vast.

'Dat doet goed,' zuchtte ze.

Tien minuten gingen voorbij waarin we alleen het tikken van de ouderwetse klok hoorden.

'Vonden ze maar wat uit tegen die rotkanker,' ze fluisterde meer dan ze sprak.

Ik vertelde dat ze daarmee in alle delen van de wereld dag en nacht al jarenlang doende waren. Ze moest echter onder ogen zien dat ze niet meer in de prijzen zou vallen.

'Ze kunnen je niet meer overbakken, het oventje is nu te klein geworden.'

'Kun je niet even naast me komen liggen?'

Ik trok mijn schoenen uit en strekte me naast haar uit op de sprei.

'Ik zou zo graag Freddy Breck eens willen zien zingen, niet op de televisie maar in het echt.'

Tien minuten verliepen in stilte.

Ineens streek ze met een hand over mijn gulp. Tot mijn verbazing bespeurde ik dat het me niet onverschillig liet.

'Niet doen, Riek.' Zacht duwde ik haar hand weg.

Haar zesenzestigste verjaardag naderde. Daar wilde ik een feestdag van maken. Hij viel op een zondag. Joop bood aan te harent een feestelijke maaltijd te bereiden.

'Zou ze het leuk vinden mijn moeder eens te ontmoeten?' vroeg hij.

Ik haalde de schouders op. 'Misschien wel, maar moet dat?'

Hij keek beledigd. 'Het is mijn moeder.'

Jarig ben je ermee, dacht ik.

Mijn voorstel voor haar verjaardag vond een gretig onthaal bij Riek. Ze vond het leuk als Joops moeder zou komen.

Joops moeder was minstens even dik als Riek, zij het dan zonder de werking van Prednison. Alles wat eetbaar was en vlak voor haar mond verscheen, verdween daarin.

Terwijl ik de taart aansneed, stelde Joop zijn moeder voor even de woning te gaan bezichtigen.

'Zet Zarah Leander eens op,' vroeg Riek me.

'Op sterk water?'

Ineens zag ik mijn moeder. Driftig trok ze de plaat van Zarah Leander uit mijn handen, legde deze op haar knie en brak hem doormidden. De handeling werd onder ijzig stilzwijgen verricht.

Joop en zijn moeder bleven nogal lang weg. De woning 'bezichtigen' was een groot woord, aangezien deze slechts uit een grote voorkamer en slaapkamer bestond.

Ik liep naar de slaapkamer.

De deuren van de grote klerenkast stonden open. Joops moeder paradeerde in Rieks bontjas voor de grote, ouderwetse spiegel. Het was een glanzende bruinbeige bisamjas, hij leek gestreept omdat de kleuren in elkaar overliepen.

'Das ene bisamjasse, hij past me als gegoten, wat ene jasse!'

Ineens werd ik pissig op die corpulente matrone, die zichzelf goedkeurend bekeek als was de jas háár eigendom.

Op zachte toon zei ze tegen Joop dat de jas heel weinig was gedragen.

Ik liep naar de kamer. De zware stem van Leander had Riek inmiddels in trance gebracht.

'Trek onmiddellijk die jas uit. In de kast ermee, Riek komt eraan,' siste ik tegen Joop en zijn ma.

Joop sprong op haar af en trok snel de jas van haar dikke lijf.

Een voorval uit de jaren vijftig schoot me te binnen.

Ik zat in lijn vijfentwintig. Naast me zat een oude vrouw met veel verf op haar gezicht. Haar handen rustten op een krokodilleleren tas. Aan één van haar vingers prijkte een ring met een opvallend grote diamant, die brutaal flonkerde. Geobsedeerd bleef ik ernaar kijken.

Ineens hield de vrouw haar hand vlak voor mijn gezicht.

'Mooi, niet? Het is een vluchtdiamant.'

'Bent u er trots op die te dragen?' Ik dacht aan de inspecteur van politie Gortjens en aan dominee Van Leden.

Verbaasd keek ze me aan. 'O, maar met déze joden is het goed afgelopen hoor,' reageerde ze sussend.

'Mevrouw, ik hoop het voor u.'

Waarom droeg zíj die ring dan en niet de jodin met wie het goed was afgelopen?

Met de dag werd Riek lastiger. Toen ik op een keer een blikje tomatensoep voor haar geopend had, opgewarmd en op een bord gedaan, smeet ze het bord met warme soep naar me toe.

'Dat was het dan, Riek.' Ik pakte haar sleutel, overhandigde die aan haar en vertrok.

Thuisgekomen belde ik haar huisarts op. Hij zei dat hij haar met spoed in een verpleegtehuis zou laten opnemen. Hij noemde het een prestatie dat ik het nog zo lang had volgehouden.

De daarop volgende avond belde hij me op. Hij vertelde dat ze had geweigerd 'zich te laten opbergen'. Ze had ook gezegd dat ze zijn kop niet meer wilde zien. Met de hulp van Humanitas had ze een knallende ruzie gemaakt; die kwam niet meer terug.

'Hoe moet dat nu?'

'Ze zegt dat ze het best alleen afkan en aangezien we in een democratisch bestel leven moet ik haar besluit eerbiedigen, maar ik blijf de zaak in de gaten houden.'

Een week later, het was 's avonds elf uur, reed ik naar de Van Spilbergenstraat. Voor haar woning stopte ik. De dunne overgordijnen waren gesloten. Er brandde licht. Plotseling tekende zich op het gordijn een grotesk bewegende schaduw af, alsof daarachter een groot, voorwereldlijk dier zich traag bewoog.

Enkele dagen verstreken. Ik belde haar op.

'Met mevrouw Jansen.' Haar stem klonk normaal, zelfs kordaat, alsof er niks aan de hand was. Ik legde de hoorn neer.

Vier dagen later belde haar huisarts me; Riek was in het ziekenhuis overleden.

De nacht daarvoor waren haar bovenburen opgeschrikt door een onmenselijk gegil. De bult, te lang onverzorgd gebleven en niet meer gepuncteerd, was opengesprongen. Hoog waren bloed en pus opgespoten.

Haar neef, het enige familielid met wie ze geen ruzie had, verscheen niet op de crematieplechtigheid. Er waren vijf belangstellenden; een inspectrice van Humanitas, de huisarts en zijn jonge levensgezel, Joop en ik.

Even voor de ceremonie aanving, kwam er een oude 'kraai' naar me toe. Het leek wel of hij enigszins in paniek was. Fluisterend vroeg hij welke muziek er gespeeld moest worden. 'Ziet u, we hebben vergeten er tijdig naar te vragen.'

'Heeft u iets van Heino, Freddy Breck of Zarah Leander?' Even verbeeldde ik me dat ik in een grammofoonplatenwinkel stond.

De kraai trok een griezelig mondje, waarbij de achterzijde van zijn onderlip uitstulpte en schudde toen langzaam ontkennend zijn hoofd.

De huisarts die naast me zat merkte korzelig op dat die paar minuten muziek onbelangrijk waren.

'Hebben jullie Ave Maria?' vroeg hij.

'Natuurlijk meneer,' antwoordde de man opgelucht.

Later vernam ik van de huisarts dat Rieks neef niets had geërfd; ze had alles aan het Antonie van Leeuwenhoekhuis vermaakt.

Hoe hij erachter was gekomen weet ik niet, maar Joop wist dat Rieks antieke theeservies en haar bontjas geveild zouden worden.

Hij belde zijn moeder op. Zij had haar zinnen op die jas gezet. Hij mocht tot vijfhonderd gulden gaan met bieden, dat geld moest hij dan maar zolang voorschieten.

Een week voor de veiling zou plaatsvinden gingen we naar het veilinggebouw. Er hingen nogal wat bontjassen. Vrijwel onmiddellijk herkenden we die glanzende, bruinbeige vacht. Joop noteerde het nummer van het kaartje: 27.

Met een groot pak kwam hij van de veiling thuis.

'Tweehonderdvijftig gulden maar! Wat zal ma opkijken! Ik was eerst bang dat ze me niet zouden zien bij het bieden. Ik zat helemaal achteraan.'

Triomfantelijk scheurde hij het papier eraf.

Een doffe, kortharige, lichtbruine bontjas kwam tevoorschijn. De voering was versleten, op de rug zat een lelijke uitgebeten plek alsof er katten op hadden gepist. Ik ontdekte ook nog enkele motgaten. Ik zag Joops moeder weer in Rieks slaapkamer paraderen: 'Wat ene jasse!'

'Wanneer gaan we de jas naar Laren brengen?' vroeg Joop, bezorgd kijkend.

Onverschillig haalde ik de schouders op en ging naar mijn kamer om in alle rust een plaat te beluisteren.

Een bijrol in een B-film

OP EEN NACHT kon ik de slaap niet vatten, onrustig bleef ik draaien en woelen. Net toen ik indommelde hoorde ik aan de gracht een hoog, angstig piepen. Ik sprong uit bed, rende blootsvoets de drie trappen af. Het motregende. Daar, achter een oude roeiboot klonk het onmiskenbare gepiep van een dier in doodsnood. Ik sprong het water in. Even later kroop ik, via de roeiboot, de walkant op.

Het katje was zo klein dat het op mijn handpalm paste. Ik rende naar boven. In de badcel pakte ik een handdoek waarmee ik het diertje droog- en warmwreef. Het was een nogal kleurloos gevalletje, twee maanden jong misschien.

Nieuwsgierig stonden mijn katten voor de deur van het badkamertje. Welke nieuweling had zich aangediend, net nu ze na ruim een jaar ruzie eindelijk het nieuwe territorium hadden ingedeeld? Vlek kreeg een pootje tussen de deur en wrong haar dikke lijf de badcel in, gevolgd door Sink en Nozem.

'Sodemieteren jullie eens even op!' riep ik, vergetend dat ik hen min of meer op dezelfde wijze had verkregen.

Ik trok mijn natte pyjama uit en wreef mezelf droog, douchen kwam straks wel. Ik trok mijn tot op de draad versleten badjas aan.

Joop was wakker geworden, hij opende de deur van de badcel en sloot deze onmiddellijk weer.

'Wat doe je daar? Het is toch geen rat?' riep hij angstig.

'Welnee, ik heb een katje uit de gracht gehaald.'

Voor de deur staande vroeg hij met stemverheffing of het echt geen rat was.

'Het ìs geen rat, morgenochtend zie je het wel.' Hij begon me elke dag meer te irriteren.

Ik deponeerde de nieuweling, bijna had ik nieuwgeborene geschreven, in een kattemandje. Daarna ging ik langdurig douchen.

Gesnurk klonk in de grote kamer, Joop sliep alweer.

Ik schonk wat lauw gemaakte melk op een schoteltje, maar dat was nog te hoog voor het katje. Ik nam het deksel van een jampot en goot de melk daarin. Gulzig dronk het diertje.

Voor ik ging slapen bekeek ik het katje nog even, dat doezelig terugkeek. Van welk geslacht het was, kon ik niet vaststellen. Vanwege de schitterende goudgroene oogjes doopte ik het Bijou.

De volgende ochtend zou ik ermee naar de dierenkliniek gaan, een armetierig houten gebouwtje op de hoek van Rozengracht en Marnixstraat. De vriendelijke dierenarts liet on- en minvermogenden nooit het volle pond betalen; ik bevond me tussen beide categorieën in.

Joop stond met een vreemde in de keuken toen ik thuiskwam.

Hij stelde ons aan elkaar voor. De hand die de man me gaf voelde als een dode wijting. De voornaam 'Alain' verstond ik, de achternaam werd gemompeld.

Hij was papperig, een kop groter dan ik, een jaar of dertig. Hij deed me denken aan Bastiaan van der Linden, die me op de ULO continu had gepest of anderen daartoe had aangezet.

Een week daarvoor had Joop me met van emotie trillende stem verteld dat hij iemand had ontmoet met wie hij 'de rest van zijn leven' wilde doorbrengen. Die iemand ging me dus een dienst bewijzen.

'Ik heb Alain zojuist de woning laten zien.'

De deur van mijn kamer stond open. Ik sloot deze.

Alain had zijn ogen op me gericht, echter zonder me echt aan te kijken. Hij praatte alsof hij spraaklessen in praktijk bracht. Ik bespeurde een ondertoon van plat Amsterdams.

In Joops ogen lag een adorerende blik.

Alain draaide zich om, een papperig achterwerk tonend dat eruit zag alsof hij ettelijke kilo's deeg in zijn broek had gepropt. Hij liep naar Joops kamer en sloot de deur.

Met trillende vingers opende Joop een pak espresso vacuümkoffie, dat hij prompt liet vallen. De fijngemalen koffie vormde een donkerbruin bergje op het aanrecht.

'Hij is pas terug uit Egypte,' verklaarde hij, terwijl hij met een plastic schepje de koffie van het aanrecht schepte en in het espresso-apparaat deponeerde.

'Hij heeft daar bij de Nederlandse ambassade gewerkt.' Hij vulde het reservoir met water.

In de deuropening draaide hij zich om. 'Ik breng jou je koffie wel op je kamer, we hebben iets te bespreken.' Hij deed nogal gedecideerd, iets wat ik niet van hem gewend was.

Nu was ik zowaar bij mezelf op visite.

Ik opende de koelkast, haalde er het plastic doosje met runderhart uit. Terwijl ik met een grote schaar het vlees in kleine repen knipte, vroeg ik me af waar hij die figuur tegen het lijf zou hebben gelopen.

Joop kwam de keuken binnen met een dienblad waarop twee kopjes stonden. Hij vulde ze met koffie en ging weer naar zijn kamer.

Snel trok ik mijn schoenen uit en zette ze in mijn kamer neer. Ik wachtte even, toen sloop ik naar Joops deur en luisterde.

Even zag ik een jongen van een jaar of vijftien in pyjama, het oor tegen de kamerdeur van zijn oom gedrukt. Daarachter bevond zich niet alleen oom maar ook een hoer. Sindsdien was afluisteren me blijven intrigeren. Het betekende zaken horen zonder franje.

Ik hoorde Alain vertellen dat hij eens twee heilige Burmaanse katten met stamboom had bezeten.

‘Waar woonde je toen?’

‘In het Amstel Hotel. Ik was twee jaar topman bij IBM en mijn suite daar hoorde bij die baan.’

Joop maakte een sissend geluid dat bewondering moest uitdrukken. Alsof er geen deur tussen ons was zag ik de pathetische bewondering in zijn blik.

Even bleef het stil.

‘Kun je hem er niet uitwerken?’ Het geluid van een kopje dat op een schoteltje werd gezet. Een stoel die kraakte.

Op mijn tenen snelde ik naar mijn kamer.

In de daaropvolgende dagen raakte Joop niet uitgerateld over Alain.

‘Hij heeft ook bij de beveiliging van het koninklijk huis gewerkt, daar gaat hij nu weer solliciteren.’

‘Wie had ooit kunnen vermoeden dat je nog eens een echte kosmopoliet zou ontmoeten, en dan nog wel één met zo’n aparte voornaam.’

‘Een kos . . . wat?’ Ik legde het hem uit.

Zijn enthousiasme over Alain was onstuitbaar. En ik zou de mythe die hij aan het weven was niet ontkrachten.

Zo zou Alain eens de Rode Zee hebben overgezwommen. Aardrijkskunde was Joops sterkste vak niet geweest; een watervlakte van zo’n driehonderd kilometer breed en ongeveer tweeduizend meter diep!

Al vertellend puilden zijn ogen vervaarlijk uit. Ik vreesde ze nog uit hun kassen te zien tuimelen; hij kreeg tenslotte de ene fantastische mededeling na de andere te verwerken.

Dit was de eerste akte van een drama. Het was alsof ik in een B-film figureerde. Helaas kon ik de set niet abrupt verlaten.

Ik kwam thuis. Joop kwam meteen zijn kamer uit. Aarzelend deelde hij mee dat Alain die nacht bij hem zou blijven slapen.

Ik trok een bedenkelijk gezicht. ‘Moet dat?’

Hij was onzeker, wist zich geen raad met zijn houding.

‘Hij is nogal klein behuisd, hij woont op een zolderkamertje totdat hij een geschikt appartement heeft gevonden.’

Hij is in gevaar, zei mijn alter ego, waarschuw hem. Ik keek naar zijn grote, moederlijke handen die zo vaak voor me hadden gekookt, een vouw in mijn broeken hadden geperst, mijn overhemden zorgvuldig hadden gestreken. Een vlaag van wroeging overviel me. Dat ik geld uit de gezamenlijke huishoudpot had genomen en dit ten eigen bate besteed, wist hij. Maar hij had gezwegen.

Die avond was ik weer bij mezelf op visite. Joop klopte aan mijn kamerdeur; kwam ik even koffiedrinken? Dan kon ik meteen naar het nieuws op de televisie kijken.

Joop en Alain zaten naast elkaar op het tweezitsbankje. Angstvallig hielden ze elkaars hand vast. Ik keek naar het beeldscherm en tersluiks naar hen. Toen ze elkaar op de mond kusten, schrok ik van dit huiveringwekkend gebeuren.

Toen het nieuws was beëindigd vertrok ik naar mijn kamer om mijn dagboek bij te werken; er was materiaal in overvloed.

Vóór mijn gebruikelijke avondwandelingetje controleerde ik altijd automatisch of alle katten er waren. Behalve Bijou waren ze er allemaal. Ik zocht op de bekende plekjes waar zij zich graag verstopte.

'Heb jij Bijou gezien?' vroeg ik ongerust aan Joop.

Ontkennend haalde hij de schouders op.

Joops kamerdeur werd geopend, Alain verscheen. Zijn zelfbewuste houding deed onecht aan.

'Het hele huis stonk naar die rotvis, toen heb ik de deur naar de trap even opengezet, misschien is die kat wel daar.'

Als Bijou de drie trappen was afgelopen en één van de benedenburen had de buitendeur laten openstaan, dan... Het werd al schemerig. Zenuwachtig opende ik de gangkast en pakte de zaklantaarn.

Aarzelend bood Joop me aan mee te helpen zoeken.

'Laat hem maar zoeken, 't is jouw kat toch niet?' Het was een bevel. Nonchalant leunde Alain tegen de gangmuur.

Met de zaklantaarn scheen ik in hun ogen. 'Verdomme, als ik haar niet vind...'

In het trapportaal was Bijou niet, dat wist ik al toen die snuiter zijn praatje afstak.

Paniekerig zocht ik in portieken, onder geparkeerde auto's, in de doodlopende steegjes van Laurier- en Rozenstraat. Onophoudelijk riep ik haar naam, daarbij dat specifieke geluidje slissend waarop katten reageren.

'Onder een rijdende auto gekomen, onder een rijdende auto gekomen,' herhaalde een inwendige robotachtige stem.

Het werd snel donker, de batterij raakte uitgeput.

Wat zou Alain een sadistische lol hebben als ik overstuur thuiskwam.

'Maar dan gaat hij eraan,' mompelde ik, onder de zoveelste auto speurend.

'Dan gaan ze eraan,' corrigeerde de robotstem.

Met de inmiddels verflauwde lichtbundel scheen ik in het roeibootje dat altijd tegenover mijn woning lag afgemeerd.

Op de bodem ervan zat, angstig ineengedoken, Bijou, letterlijk boven de plek waar ze nog niet zolang daarvoor bijna was verdronken.

Eindelijk had ik haar in mijn armen. Ik drukte mijn gezicht in haar vacht alsof ik mijn moeder had weergevonden – mijn kinderhoofd in haar zachte schoot duwend.

Ik legde een vinger op haar keeltje, voelde haar motortje spinnen, ze wist zich weer veilig.

Ik liep naar boven.

Met een zorgelijk gezicht kwam Joop uit zijn kamer; hij kende mijn zeldzame woede-uitbarstingen.

'Waar heb je haar gevonden?'

'Doet er niet toe.'

Hij wees met zijn hoofd naar zijn kamerdeur. 'Alain slaapt al, die was oververmoeid.'

Die nacht kon ik niet slapen. Meedogenloos had iemand me in mijn liefste bezit willen treffen. Eigenlijk moest ik opstaan en die vent iets flikken waardoor hij zich een hartstilstand zou schrikken.

Rache! Rache! Dat Duits-jiddisje woord bleef in mijn hoofd rondtollen. Om de haverklap moest ik plassen. Ondanks een behoorlijke aandrang loosde ik echter minimale hoeveelheden. Ik transpireerde hevig.

In Joops kamer hoorde ik zijn bed piepen als een vermoeide kanariepiet. Toen piepte het iets sneller, daarna weer sneller. Het was alsof een ouderwetse locomotief op gang kwam, nou, de locomotief had er nu behoorlijk de vaart in.

Joop had zijn zin. Geef mijn portie maar aan de bekende hond, dacht ik.

Ik ging weer naar de R.K. Begijnhofkapel H.H. Joannes en Ursula. Ik wierp een rijksdaalder in de geldgleuf, nam een kaars en ontstak die aan een reeds brandende kaars. Dit keer was ik alleen in het kerkje.

Met klem verzocht ik de voorzienigheid Alain en Joop door middel van ziekte of ongeval in het koninkrijk der hemelen, maar bij voorkeur elders te doen opnemen.

Joop verzocht me even naar zijn kamer te komen.

Op de bank zat Alain. Naast hem lagen twee foto's.

'Alain wilde Bijou echt niet laten weglopen,' zei Joop. Zenuwachtig stak hij een sigaret op. Goedkeurend knikte zijn meester hem toe.

'Heeft hij verdomme zelf geen tong?'

Verstoord keek Alain op van de foto's. Weer vielen zijn vaalgele hyena-achtige ogen me op.

Op de tafel stond een fles rode bessenjenever. Joops gezicht had een hoogrode kleur.

Moeizaam stond Alain op, nam de fles jenever en zette deze aan zijn mond alsof het cassis was. Toen ging hij weer zitten.

'Voortaan slaap jij maar op je kamertje en ontvang je Joop daar.'

'Ga even zitten,' sprak Alain met dikke tong.

Joop vroeg me of ik de foto's al gezien had; meteen pakte hij ze van de bank en gaf ze me.

Op de ene foto herkende ik onmiddellijk Alain. De persoon op de andere foto toonde vage trekken van hem, maar dan met een grote haakneus en een vooruitstekende heksenkin.

'Verleden jaar heb ik me . . . heb ik me in Caïro laten opereren.'

Hij had de gewoonte direct na het spreken zijn lippen dicht opeen te persen waardoor de mond een smalle streep werd.

'Ze hebben een stukje bot uit mijn neus weggezaagd.' Hij pakte een zakdoek uit zijn broekzak en begon zijn schoenen op te wrijven. Vervolgens snoot hij zijn neus.

'Ze hebben een stukje bot uit mijn neus . . . mijn kin naar achteren geplaatst en mijn wangen opgevuld,' zijn woorden kwamen traag als stroop.

'Met kalfsbotten,' verklaarde Joop.

Alsof hij de operatie zelf had ondergaan legde Joop enthousiast uit dat Alains onderkaak was verhoogd, ook met kalfsbotjes omdat er houvast voor diens ondergebit moest komen.

'In Londen zzitten de bbbeste plasplastische chichirurgen,' hakkelde Alain.

'Je bent toch in Caïro geopereerd?' vroeg Joop.

Eens per maand ging ik op een zondagmiddag naar Zandvoort. Ik wandelde langs de boulevard, dronk koffie op het terras van paviljoen The Seagull.

Terugkomend van zo'n middag trof ik een nagenoeg lege etage aan.

Joop had zijn eigendommen meegenomen, en nogal wat van de mijne.

Het initiatief daartoe was hem ongetwijfeld opgedrongen.

Gelukkig waren de dieren er allemaal.

Mijn boeken, grammofoonplaten, grammofoonmeubel, bureau, schrijfmachine en bureaustoel waren er eveneens nog.

Koelkast, gasstel, kachel, pannen, borden, bestek, linnengoed en geyser waren verdwenen. Het bijna antieke driepitspetroleumtoestel was ook weg.

Bijzonder vervelend was dat ik mijn bed plus dekens kwijt was. Wie neemt er nu andermans bed mee?

Toch was ik opgelucht; voor elke vorm van vrijheid dient tenslotte te worden betaald. Even sparen en ik kon me – voor de zoveelste maal – naar de rommelmarkt begeven voor mijn herinrichting.

Ik zette mijn bureaustoel in de grote kamer en ging zitten.

Er ging een besliste rust uit van zo'n leeg vertrek. Ik ontdekte dat ook de luxaflex was verdwenen.

Ik keek naar mijn moeders foto op het grammofoonmeubel.

Het leek alsof zij haar wenkbrauwen nog iets hoger had opgetrokken, haar mond was nu niet helemaal gesloten.

'Je zoveelste lesje geleerd,' hoorde ik haar zeggen.

Bestuurscontacten

Enkele weken voor mijn zesenveertigste verjaardag, in negentiennegenenzeventig, had de gemeente Amsterdam een aardige verrassing voor me in petto.

Al negen jaar woonde ik aan de Lijnbaansgracht; nooit had ik zo lang op hetzelfde adres gewoond. Het huis was oud en gammel, met nauwe, steile trappen. Het telde drie verdiepingen. Op de bovenste verdieping woonde ik.

In het platte dak, boven het trappehuis, was een ruimte uitgespaard ter groote van ongeveer een vierkante meter, waarin zich een stuk bol plexiglas bevond. Het leek op een mogelijkheid tot ventilatie, doch het kon niet worden geopend.

Mijn woning bestond uit een grote woonkamer en een bescheiden slaaphok. Een kleine keuken en badcel completeerden het geheel, waarvoor maandelijks toch nog ruim honderdtachtig gulden diende te worden neergeteld.

's Zomers met warm weer stikte ik er bijna en 's winters als het stevig vroor was het er niet warm te stoken.

Onder me woonde een magere eenzelvige man van midden

vijftig. Met hem bleef het contact beperkt tot een wederzijdse groet. Op één hoog woonde een zestigjarige vrouw. In gedachten noemde ik haar 'the shoppingbaglady' omdat ze allerlei op straat gevonden spullen mee naar huis sjouwde. Met haar had ik wel enig contact.

In de Amsterdamse gemeenteraad werd druk over het verslaafdenprobleem gedelibereerd. Besloten werd 'gedoogruimten' te creëren.

Het koffiehuis beneden werd gesloten. Mijn benedenbuurman had het etablissement enkele maanden gedreven. Er werd vertimmerd. Voor de ramen werden luiken vastgespijkerd. Het leek alsof het huis iets in zijn schild voerde. Furieuze Jordanezen protesteerden tevergeefs bij de gemeente tegen het project.

De café-achtige ruimte werd in gebruik genomen. Een corpulente, bijna twee meter lange Surinamer zou ervoor zorg dragen dat alles ordelijk zou verlopen. De omgeving diende van overlast gevrijwaard te worden. Plotseling werd het druk op mijn stille stukje gracht. Auto's reden af en aan, portieren werden dichtgesmeten, er werd geschreeuwd. Lawaai dat tot diep in de nacht voortduurde. Het gehele huis raakte doortrokken van een muffe nicotinegeur.

Mijn buurvrouw Thea – door mij Teta gedoopt – woonde boven de gedoogruimte. Zij kon niet meer slapen; het geblèr van de geluidsinstallatie beneden dreunde tot diep in de nacht door in haar woning. Het enige wat ik kon doen was haar een doosje ohropax geven.

Al jarenlang sliep ik belabberd, nu lukte het helemaal niet meer. Jordanezen, die ik voorheen alleen van gezicht kende, spraken me aan. Er moest een comité worden gevormd. Ze durfden hun kinderen niet meer buiten te laten spelen. Af en toe lag er een injectiespuit op straat.

In het begin nam ik het nog op voor de verslaafden: in hun leven waren dingen gebeurd waardoor ze in de poederdroom waren gevlucht. Ergens moesten ze toch een toevluchtsoord hebben zodat ze niet bij nacht en ontij over straat hoefden zwerven?

In die gedoogruimte wordt gedeald bij het leven, zeiden de Jordanezen. Ik kon het bevestigen noch ontkennen.

Bij de gemeente Amsterdam regende het klachten vanwege de overlast. IJlings riep de gemeente een 'Bureau Bestuurscontacten' in het leven. Ik belde de nieuwbakken instantie op met het verzoek mij een andere woning toe te wijzen; zó kon ik niet meer slapen. Ambtenaar X. van dit bureau stelde dat dit geen argument was. Als er een tramhalte voor iemands huis werd gebouwd was dat ook geen reden om de bewoners een andere woning toe te wijzen. Ik stelde de ambtenaar voor de instantie tot 'Bureau Contactstoornissen' om te dopen.

Toen begonnen, meestal 's nachts na twaalven, de anonieme telefoontjes. Soms was het een vrouw, soms een man. Stemmen met plat Amsterdams accent.

'Je mot van die woning af en die ouwe vreemde vrouw op één hoog ook. We pikke het niet langer, we steke de boel daar beneje in de fik.'

De telefoontjes bleven aanhouden: 'Jij ben toch een jodenjongen niet? Ja jonge, ze motte je weer hebbe, je mot zo snel mogelijk weg, neem je poessies mee jonge. We kenne niet blijve belle. En denk eraan dat je die linkmiegel beneje je niet waarschuwt, hij dreef het koffiehuis en heb poen van de gemeente gehad. Nou legt-ie met ze reet in de Spaanse zon en zitte wij met die pleureszooi.'

Ik vroeg de onbekende hoe hij dat alles zo precies wist.

'Dat hebbe we nagetrokke, we komme overal achter.'

Ik verdedigde mijn benedenbuurman, die me nooit enige overlast had bezorgd. Hij leek me niet het type dat zich met onoirbare praktijken in zou laten.

Ik belde de politie op met het verzoek het pand 's nachts permanent te bewaken. Een inspecteur antwoordde dat hij daarvoor geen mensen beschikbaar had. Hij stelde dat de Jordanezen alleen maar een grote mond hadden. Van dappere Jordanezen en hun verzet tegen de Duitsers had hij schijnbaar nooit gehoord.

Ik, die altijd zoveel mogelijk de mensen vermeed, werd nu gedwongen met Jan en Alleman contact op te nemen.

Ik belde de chef van de brandweer op. In geval van brand, zei hij, moest ik het dak op. Ik legde uit dat het huis een plat dak had dat onbereikbaar was voor de bewoners. Dan, zei hij, moest ik een deken om me heen slaan, een vochtige lap voor mijn mond houden en kalm de trappen aflopen. 'Op een trap breekt nooit brand uit,' besloot hij het gesprek.

Ik stelde mijn wekker 's nachts zó af, dat ik om de anderhalf uur werd gewekt. Voortdurend rook ik 's nachts een brandlucht en liep dan naar beneden.

Van de huisarts kreeg ik valium en een broomdrank. Nog even en ik zou ook mijn toevlucht in de witte droom zoeken en me bij de figuren op de begane grond kunnen voegen.

Ik schreef een brief aan burgemeester Polak; twee joden weten wat een bril kost. Hij sluisde mijn brief door naar Bureau Bestuurscontacten en ik was weer terug bij af.

Wel kwam er nu geregeld een patrouillerende politiewagen voorbij.

De shoppingbaglady op één hoog riep achterdochtig 'wie is daar?' toen ik op een middag bij haar aanklopte. Ik was aan deze weerloze gehecht geraakt; één van de vele zonderlingen die Amsterdam aan haar gewillige borst van peuk en korst zoogt. Ze rook allesbehalve naar 4711. Ze verspreidde een geur penetranter dan die van Danish Blue.

Vóór dag en dauw vertrok ze met lege tassen. 's Avonds kwam ze moe maar verrukt thuis met haar buit.

Ze was dik en klein, leefde in gevonden jurken, jasjes en schoenen. Haar korte beentjes maakten eigenaardige schokkerige dribbelpasjes. En dan die kinderlijke grijze vlecht!

Af en toe kwam ik haar bij de rommelmarkt tegen. Op een stoep gezeten vingerde ze sardientjes of iets anders uit een gevonden conservenblikje. De stationshal was overdag haar kamer, de plantsoenen en parken waren haar tuinen en naar ik vreesde, zou eens een gracht haar graf zijn.

'Hoe moet dat nu?' Ze wees naar beneden, haar vloer trilde van het gebonk uit de zo te horen gigantische geluidsboxen. Hulpeloos keek ze me aan. Ik vertelde welke pogingen ik had ondernomen. Ze begreep het maar half. De telefoontjes verzweeg ik.

'Mag ik vanavond weer bij u eten?' vroeg ze kinderlijk. 'Maakt u dan zuurkoolstamppot?'

'Kom maar, ik zal ook een paar lekkere ballen rundergehakt maken.'

Ze maakte kleine sprongetjes, 'Hoi, hoi!' roepend.

'Als we dan zo tegenover elkaar aan tafel zitten is dat dan een concubinaat?'

'Zoiets.'

Malle Teta had een bijzondere hobby. Haar sombere woning had ze omgetoverd tot een rariteitenkabinet. Haar slaapvertrek hing vol met foto's van Beatrix en Claus, Juliana en Bernhard en van hun kleinkinderen.

In de huiskamer stegen vanaf het behang ontelbare Christussen met rook onder hun gewaad ten hemel, terwijl even zovele andere Christusfiguren hun hoofd met doornenkroon moe lieten hangen. Gipsen en plastic beeldjes van Maria met kind en volwassen Jezussen stonden opeengepropt op gammele, op straat gevonden tafeltjes. Nog nooit had ik zo'n nerveuze woning gezien.

Trots toonde ze me haar laatste aanwinst: een Mariabeeld met aureool op batterij, dat ze op een bromfietszadel had gezet.

'Hoe vindt u haar? Kunt u haar elektriciteit niet repareren, dan brandt haar aureool weer. U heeft laatst de stekker van mijn schemerlamp ook zo goed gemaakt.'

Maria op de brommer. Malle Teta met haar plastic geloof.

Ze had me eens verteld dat ze op haar elfde door een behanger was verkracht. Toen ik geschrokken reageerde, zei Teta dat ze er niets van had gemerkt omdat ze sliep. Ze leefde buiten deze rauwe wereld van geweld en vernedering.

Ik opperde dat haar heiligen er misschien voor zouden zorgen dat de zaak beneden spoedig werd gesloten.

'Morgen zal ik een kaars in de papegaaikerk van pastoor Gottschalk branden, dat helpt vast,' zei ze optimistisch en keek me aan met haar blijmoedige blauwe oogjes.

Het was elf uur 's ochtends. Op de gracht was het nog rustig. De gedoogruimte was gesloten. Ik had boodschappen gedaan en liep naar de huisdeur toe, mijn sleutel in de hand. Mijn portemonnee, zo'n ouderwetse knip, lag bovenop de boodschappen.

Een verslaafde stond tegen de deur geleund. Met een puntige stiletto maakte hij zijn bijzonder lange en vuile nagels schoon. Zijn wazige blik viel op de beurs; beiden keken we ernaar. Hij hield de punt van de stiletto vlak bij mijn adamsappel.

'Hier dat geld.'

Door snel iets achteruit te deinzen en me te bukken, ontkwam ik.

Ik holde de Rozenstraat in waar ik lukraak ergens aanbelde.

Daar belde men de politie. Die kwam even later. Eén der agenten zei dat ik degene die me had bedreigd moest aanwijzen. Inmiddels bleken er vijf verslaafden voor de deur te staan.

'Ik ben daar gek, ik woon er nota bene boven. Later zal hij me te grazen nemen.'

De andere agent knikte. 'Meneer heeft gelijk,' zei hij tegen zijn collega.

In de buurt circuleerde het gerucht dat niet mijn benedenbuurman maar de huisbaas geld van de gemeente had ontvangen. Ik belde de huisbaas op. Hij ontkende. Ik stelde dat er weinig sprake was van woongenot; zo lang de situatie zo bleef zou ik geen huur betalen.

Van het huurgeld kocht ik uit woede een portable radio – ik die al jarenlang niet meer naar de radio luisterde.

In het begin van de eerste week van september werd er voor het laatst opgebeld. Een vrouwestem zei dat ik vóór het weekend het huis moest verlaten en dat ik 'die ouwe smeerpijp van één hoog' mee moest nemen. De fik ging er nu definitief in. Nogmaals werd me te verstaan gegeven mijn benedenbuurman niet te waarschuwen als hij van vakantie terugkwam.

'Hij mot eran,' vond de onbekende.

Ik antwoordde dat ik aan zo'n daad niet zou meewerken. De stem zweeg.

In de kamer van de anonieme belster hoorde ik een pendule doordringend slaan.

'Hallo, bent u er nog?' riep ik.

'Voor het weekend pleite zijn, begrepe?' De telefoon werd neergelegd.

Ik stelde me in verbinding met een maatschappelijk werkster en zette haar mijn situatie zo beknopt mogelijk uiteen.

'Wat verwacht u van me?' vroeg ze.

'Een kamer waarin ik tijdelijk met mijn katten kan wonen tot die dreiging met brandstichting is afgewenteld.'

Met een taxerende blik bekeek ze me.

'Dacht u soms dat ik van mijn uitkering een suite in het Amstel Hotel kan bekostigen?'

'Ziet u geen spoken? Wie zou het nu in zijn hoofd halen die café-achtige ruimte in brand te steken?'

Ik moest me bedwingen haar geen klap te verkopen; die had hooguit het bord voor haar hoofd geraakt.

In mijn dagboek vermeldde ik geen trivialiteiten meer. Ik schreef uitsluitend over het grote probleem dat speelde. In de uurtjes dat ik nog sliep kreeg ik nachtmerries. Ik zag mijn dieren in de vlammen. Droomde dat ik als een levende, brandende fakkel voor het raam stond; tegelijkertijd stond ik op straat en zag mezelf daarboven. Ik droomde van Malle Teta die in een grijs harnas met een puntige speer in haar hand voor mijn bed stond.

In een droom bevond ik me op de rommelmarkt. Een koopman had een kleine vitrine, waarin allerlei Duitse onderscheidingen lagen, zoals het ijzeren en bronzen kruis. Er lag ook een verbleekte davidster. Hij opende de vitrine en plakte de ster op mijn jas.

Op een avond dronk ik een kopje oploskoffie bij Teta. Ze toonde me een beschadigd Mariabeeld, het woog wel vier kilo. Ze trok een ernstig gezicht; waar moest ze dàt nu weer neerzetten?

Toen hoorden we beneden een hevig geschreeuw, in de gedoogruimte werd geknokt. Even later klonken de sirenes van politieauto's. We keken uit het raam. Enige tegenstribbelende, haveloos geklede jongelui werden geboeid in een busje geduwd. Nieuwsgierigen groepten voor het huis samen. Toen de auto's waren weggereden, stortten enkelen zich verwoed op een beetje wit poeder dat op straat lag. Liefdevol schraapten ze het met hun zakmesjes voorzichtig bij elkaar.

Ik vertelde Teta dat ze morgen haar woning uit moest. Had ze nog familie? Ja, maar die wilde niks met haar te maken hebben.

'Iedereen denkt dat ik gek ben, behalve u.' Ze zei het opgewekt.

Ik legde uit dat ze niet gek maar super-excentriek was. Ze vroeg me dat moeilijke woord voor haar op te schrijven.

Haar grootste zorg was haar beelden-, foto- en prentenverzameling.

Ik stelde voor die de volgende dag in dozen te doen en bij iemand in de Rozenstraat in bewaring te geven. Ik had nog geen flauw idee waar zij en ik heen moesten.

'Ik ben katholiek,' zei ze, 'kan de pastoor van de papegaaikerk me geen kamer in de pastorie geven? Of misschien kan ik in een klooster logeren.'

Dáár lag wellicht een oplossing. Na enig getelefoneer met de Moeder Overste van het Klooster van de Zusters Augustinessen van St. Monica in de Warmoesstraat bleek deze bereid Teta te helpen.

Ik vroeg me af of ik als jood óók in een klooster terecht kon, mét de katten uiteraard.

De daaropvolgende dag kwam de oplossing voor mij. Ik kwam de dikke, vadsige verpleger tegen, die vroeger in de Laurierstraat had gewoond. Hij woonde nu in de Bijlmer. Ik mocht vanaf vrijdagavond met de katten komen. Hij zei dat het maar een zijkamertje was.

Ik pakte wat spulletjes in een koffertje, onder andere het boek dat ik moeizaam trachtte te lezen: *In cold blood* van Truman Capote.

Ik nam de twee nepzilveren lijstjes mee met de enige twee foto's die ik van vroeger bezit: één van moeder met de grote zonnehoed op – van mij was nog geen sprake – en een fotootje van mezelf als jochie van zes, toen de zon nog scheen.

Ik sloot de woning af. De katten in hun manden, kattebakken, blikjes Whiskas en twee zakken met elk twintig kilo steentjes stonden al beneden bij de deur.

Teta had ik die ochtend bij het klooster afgeleverd.
'We gaan eerst eens in het bad,' had de Moeder Overste voorgesteld. Teta wierp me een benauwde blik toe.
Terwijl ik op de taxi wachtte zag ik Teta en de Moeder Overste voor me: samen in een grote ouderwetse badkuip, uitgelaten in de weer met een speelgoedeend.

Het was een piepkleine kamer daar in de flat Florijn. Ik moest opletten dat ik 's morgens vanuit bed niet in één van de kattebakken stapte. Als zachtharige beschermengelen lagen de dieren bij me op bed.

Op maandagavond, de elfde september negentiennegenenzeventig, kwam de verpleger thuis met een krant.
GEDOOGRUIMTE UITGEBRAND
Daaronder twee foto's. Geblakerde luiken. Een ruimte met verwrongen en gesmolten plastic meubilair.
Terwijl er zo'n vijftig mensen aanwezig waren, was er in de nacht van zondag op maandag iets brandends naar binnen geworpen. Vermoedelijk via de ventilatoren aan de straatkant. De ruimte liep naar achteren door en werd daar door glas overkoepeld, ook daar was brand ontstaan. Het vermoeden bestond dat er iets vanaf een belendend dak naar beneden was geworpen, een benzinebom? Er was één gewonde, een vrijwilliger die daar werkte.

Teta zei later dat het de grootste ramp in haar leven zou zijn geweest indien haar foto's, prenten en heiligenbeelden verloren zouden zijn gegaan. In haar woning bleken de plinten geblakerd, de ruiten waren gesprongen. Er was een enorme rookontwikkeling geweest. Haar sjofel inboedeltje zat onder een dikke roetlaag. Was ze die nacht thuis geweest, dan had ze het niet overleefd. Mijn spulletjes waren enigszins beroet maar onbeschadigd. Door de gemeente werden ze in een depot opgeslagen. De huisdeur werd dichtgetimmerd. Weer was ik de Wandelende Jood, wiens terrein zich hoofdzakelijk tot Amsterdam beperkte.

Bij het politiebureau Lijnbaansgracht moest ik een verklaring komen afleggen. De inspecteur vroeg me of ik de stemmen van de bellers had herkend. Ik antwoordde ontkennend. Hij typte mijn verklaring uit.

Was hij degene die enkele weken daarvoor had beweerd dat de Jordanezen alleen maar een grote mond hadden?

'U blijft er dus bij dat u niet weet wie er opbelden en wie de brand stichtten?'

Ik knikte.

Hij stak een sigaret op, inhaleerde met wellust. 'Als u het wel wist zou u het toch niet zeggen.'

Ik ondertekende mijn verklaring en vertrok.

De verpleger liet blijken dat ik niet te lang bij hem moest bivakkeren. Hij bleek nogal eens scharrels mee te nemen, nu blokkeerde ik deze bezigheid.

Bij de Gemeentelijke Rampendienst aan de Nicolaas Witsenkade konden Teta en ik onderdak krijgen. Dieren werden er niet toegelaten.

Ik kocht de verpleger af met een horloge en een stel nieuwe badhanddoeken. Die van hem verdienden eerder de naam doorkijkdoeken. Voorlopig konden de katten bij hem blijven. Hij klaagde nog dat ik zoveel telefoongesprekken had gevoerd. Ik gaf hem vijftig gulden. Aarzelend stemde hij erin toe dat ik zijn huissleutels hield.

Elke dag ging ik vanuit de stad naar de Bijlmer om mijn dieren te verzorgen.

Bij de Rampendienst was een gemeenschappelijke keuken die hoofdzakelijk door een Hindoestaanse familie gebruikt werd. Ik kookte er 's morgens een ei en gebruikte het kookwater voor mijn oploskoffie.

Vanuit de grote kamer die ik daar had keek ik uit op de achterzijde van de huizen aan de Weteringschans.

Voor de twee ramen stonden een metalen tafel en twee stoelen. Op de tafel had ik de foto van mijn moeder en van mezelf als kind gezet.

In het midden van het plafond hing een neonbuis. Daaronder

stond een tweepersoonsbed, waarvan de matras te zacht was en de spiraal als een trampoline doorboog. Er was een vaste wastafel.

Dag en nacht zat er een portier bij de ingang: het leek wel een kazerne.

Elke ochtend zat ik een uur in Koffiehuis de Markt aan de Albert Cuypmarkt, waar kooplieden koffie en thee dronken en hun broodjes aten. Af en toe ging ik naar De Volksgaarkeuken van 1870 in de Spuistraat, waar ik tussen vereenzaamde ouderen en stadsnomaden een goedkope warme hap at.

Soms nam ik Teta mee, die het avontuur achteraf toch wel spannend vond. Haar kamer bij de Rampendienst had ze al enigszins met op straat geoogste spulletjes gevuld.

Vaak moest ik naar de Dienst Herhuisvesting in de Van Reigersbergenstraat. Temidden van de ontevreden, morrende woningzoekers wachtte ik daar urenlang, met in mijn hand een genummerd strookje.

Poelie de Verschrikkelijke

HET WAS ÉÉN uur in de nacht. Ik luisterde naar Rachmaninoff's derde pianoconcert met als solist mijn geliefde Horowitz; dirigent was de legendarische Eugène Ormandy met zijn New York Philharmonic. Er werd gebeld. Ik schrok, opende het raam.

Een vrouw met een Duits accent riep dat er een kat voor mijn deur lag te kotsen, of die van mij was? Paniekerig keek in de kamer rond, maar Lily en Vlek waren er. Toch naar beneden.

Er lag een grote uitgemergelde kat op de stoep, zo'n donkergestreepte cyperse. De vrouw, die een onmiskenbare dranklucht verspreidde, zei dat ze haast had en verdween.

Ik pakte de kat op en liep met hem naar boven. Hij voelde aan als een grote, met puntige botten gevulde vacht. Onmiddellijk waren Lily en Vlek uit hun doen.

Ik deponeerde de kat in mijn slaaphok, waar hij geel slijm begon te braken. Op zijn rug zat een korstige plek; het leek schurft. Zo te zien was het een gecastreerde kater.

Drie katten is te veel, dacht ik, je wordt een dagje ouder.

Ik besloot de volgende dag naar de dierenarts te gaan. Verdorie, net nu ik toch al rood bij de giro stond, gebeurde er zoiets. Dierenartsen haten giro's, handje-contantje is hun parool.

Ik pakte een kattekorfje, voorzag het van een schone handdoek en schoof de zieke erin. Het was een bijzonder fors dier, maar wel erg mager. Zijn kop lag op de rand van het mandje. Van een schoteltje lauwe melk likte hij lusteloos een paar druppeltjes op.

Hij had het benauwd, zijn flanken gingen snel op en neer, zoveel strijd moest hij voor zuurstof leveren.

Het viel me op dat de haartjes van zijn wel heel korte snorretje talrijker waren en dichter opeen stonden dan ik ooit bij een kat had waargenomen. Maar opzettelijk afgeknipt waren ze niet, want ze liepen uit in een punt. Zijn ogen waren van een bijzonder fel gifgroen; het leek wel of hij een beetje loenste.

Lily en Vlek, mijn twee trouwe zachtaardige kameraadjes, jarenlang door mij meegesleept van krot naar krot, moesten maar zolang in de huiskamer bivakkeren.

Toen ik wakker werd, bleek de vreemde kat op het voeteneinde van mijn bed te liggen. Ik krauwde hem over de kop, maar dat werd met een heftig blazen beantwoord. Hij sprong van het bed af, liep naar de geïmproviseerde kattebak en produceerde een zwartachtige blubber, die wemelde van de maden. Die zou ook nog wel eens een lintworm kunnen hebben, dacht ik.

Ik kleedde me aan, gaf Lily en Vlek wat vers hart. Vervolgens ging ik naar het slaaphok, pakte het rieten kattekorfje, zette het vóór de kat op het bed en trachtte hem erin te duwen. Hij gaf geen millimeter mee, bromde onheilspellend en blies. Daarna slaakte hij een diepe zucht die zo menselijk klonk dat ik ervan schrok. Ook later zou ik aan die gekwelde diepe zuchten niet wennen.

Ik plaatste het korfje achter de kat en trachtte hem er zo in te duwen. Weer gromde hij. Dan maar in zijn nekvel, dacht ik. Onwillig schoof hij achterwaarts naar binnen.

Ik was bezig een dubbele strik te maken van de veter die aan het korfje hing, toen de kat ineens uithaalde en mijn vingers openkrabde.

Ik schrok. De veter schoot los; met onvermoede kracht wrong

hij zijn kop langs het deurtje, ik duwde de kop terug, waarop hij me, in een snelle flits, in mijn rechtermiddelvinger beet.

Kwaad en hardhandig duwde ik zijn kop terug; eindelijk had ik hem opgesloten. Ik hield de gewonde vinger even onder de kraan en deed er een pleister op.

In een koude motregen liep ik via Ringdijk en Linnaeusparkweg naar het pand op de Middenweg waar de dierenarts spreekuur hield. De wachtkamer was tamelijk vol, dat gedoe met het korfje had me veel tijd gekost.

Verveeld pakte ik een geïllustreerd tijdschrift en sloeg het lukraak open. Een advertentie van een begrafenis-onderneming toonde een vallend boomblad met de tekst 'Reeds een miljoen leden gingen u voor'.

'Reeds een miljoen doden gingen u voor,' dacht ik, dat is toch een veel pakkender slogan?

Eindelijk waren wij aan de beurt.

Zo beknopt mogelijk vertelde ik de dokter hoe ik aan de kat was gekomen. Ik maakte de veter los en opende het deurtje; kwaad keken de gifgroene ogen ons aan, de korte snor trilde heftig.

De dokter trok een paar dikke, grijze handschoenen aan. Terwijl de assistente het korfje vasthield, trachtte hij de kat eruit te trekken. Het dier bromde doordringend hard en blies. De dokter trok, maar de kat vocht fanatiek terug en gaf enkele snelle beten in de dikke handschoenen. Hij blies en loeide van laag naar hoog.

'Tjonge, jonge,' merkte de dierenarts op, 'zoiets maak ik niet vaak mee, een kat met zó'n kracht.'

Eindelijk had hij hem uit het korfje gekregen; hij zette hem op de metalen onderzoektafel. De assistente, die inmiddels ook handbeschermers had aangetrokken, hield zijn voorpoten vast; verwoed trachtte hij met zijn achterpoten haar handen van zich af te duwen.

De dokter keek in zijn bek, scheen met een lampje in zijn ogen en oren. Daarna werd ook ik van speciale handschoenen voorzien en ingeschakeld om hem in toom te houden, zodat hij getempeératuurd kon worden. Dat ging gelukkig erg snel.

'Wilt u die kat houden?' vroeg de dokter.

‘Ik heb er al twee. Moet hij anders worden afgemaakt?’

Hij haalde wat moedeloos de schouders op. ‘Het wemelt van de thuisloze katten in de asiels en op de poezenboten. Dacht u soms dat er iemand op deze wildebras zit te wachten? Bovendien is hij erg ziek.’

Ik vroeg hoe oud hij de kat schatte.

Weer keek hij in de bek. ‘Een jaar of vijf.’

‘Dan heeft hij nog een heel leven voor zich, ik wil het proberen,’ zei ik aarzelend.

De dokter gaf de kat een penicilline- en een vitamine-B-injectie. De assistente noteerde de gegevens: gecastreerd, vermoedelijk vijf jaar, cypers, naam: Poelie. Die naam had ik in de gauwigheid bedacht.

‘Dat snorretje,’ wees ik, ‘ziet u hoe kort die haartjes zijn en hoe dicht ze opeen staan?’

De dokter keek verbaasd. ‘Merkwaardig, heel merkwaardig, zoiets heb ik nog nooit bij een kat gezien, een bijzondere speling van moeder natuur zullen we maar zeggen.’

Met z’n drieën kregen we hem met veel moeite het mandje in. Ik kreeg wormtabletten, zalf en een flesje met penicilline mee.

‘Hoe kan ik in mijn eentje zo’n wild beest elke dag vijftien druppels uit die pipet in zijn bek toedienen?’ vroeg ik.

‘Misschien kunt u iemand om assistentie vragen,’ suggereerde de dokter.

Na vijfenzestig gulden te hebben betaald, vertrok ik. Voor het weekend had ik nu nog vijftien gulden over.

Woorden van mijn vroegere buurvrouw uit de Jordaan, Louise, schoten door mijn hoofd: ‘Er komt nog een dag waarop je huis vol katten zit en jij op straat loopt.’ Ik wist dat ze gelijk had.

Op het moment dat ik de hoek van de Eerste Atjehstraat omsloeg, voelde ik me net zo als die straat altijd op me overkomt: vervallen, somber en levensmoe.

Hoewel ik gewoonlijk als een levende dode de nachten doorbreng, met oren vol ohropax en dertig milligram Dalmadorm in het lijf vanwege de grote gehorigheid van mijn huidige krot, werd ik deze nacht toch wakker.

Mijn rechterarm klopte pijnlijk. Ik keek op mijn horloge, het was vier uur. Ik knipte het leeslampje aan; mijn rechtermiddelvinger was dik, stijf en gezwollen als een Hemaworst. Ik kon de vinger, die klopte alsof er een hart in zat, niet meer buigen. Van de kattebeet was slechts een klein blauw plekje bovenaan de vingertop te bespeuren.

Ik hield de vinger enkele minuten onder koud water, maar dat maakte het nog erger. Slapen lukte niet meer. Ik zette verse koffie. Vlek en Lily waren verheugd mij op dit vroege tijdstip in de huiskamer aan te treffen en sprongen beide op mijn schoot.

Altijd wat anders en zelden iets goeds, dacht ik, want ik ben één van die mensen die in de verkeerde mal schijnen te zijn gegoten.

Eindelijk werd het acht uur. Het was zaterdag. Maandag maar naar de huisarts als het niet slinkt, besloot ik.

Na wat boodschappen te hebben gedaan, belde ik in een telefooncel Hedda op, de doktersassistente bij wie ik pas koffie had gedronken. Aan haar eerste baby had ik een leuk gekleurd deegpoppetje geschonken, dat nu boven zijn wieg hing.

Ik vertelde haar het verhaal.

'Heb je ooit een tetanus-injectie gehad?' vroeg ze.

'Nooit.'

'Wanneer werd je precies gebeten?'

'Drie dagen geleden.'

'Ga dan onmiddellijk naar de eerste hulp van het Onze Lieve Vrouwe-Gasthuis, dit is echt gevaarlijk. Je weet dat ik niet van overdrijven houd.'

'Goed goed, ik zal gaan,' antwoordde ik sussend.

'Een kattekràb is niet zo erg, maar een béét,' zei de jonge arts.

'U moest eens weten hoeveel gemene bacteriën er in kattespeeksel zitten.'

'Kunt u de vinger niet even opensnijden, zodat de spanning eruit is en het pus eruit loopt?' stelde ik voor.

'Zo simpel ligt dat niet. Er zit trouwens geen pus in,' zei hij en vervolgde: 'U bent ingeënt tegen tetanus, neem ik aan?'

'Nee dokter, nooit ingeënt.'

'Tetanusbacillen zijn zó resistent dat ze zelfs koken overleven,' vertelde hij. 'Het kan ook nog fijt worden,' voegde hij er met een optimistische klank in zijn stem aan toe.

Deze dokter had blijkbaar tijd over. Terwijl hij nauwgezet mijn patiëntenkaart invulde, zei hij: 'Het kan meevallen, maar u zou hierdoor zelfs kunnen overlijden. Wat uw dierenliefde betreft, u schijnt zich nogal met de underdog te identificeren.'

'Meer met de undercat.'

Hij lachte en stond op.

'Nou heb ik de oorlog overleefd en nu zou je nog door zo'n stomme kattebeet...' foeterde ik.

'Tja, het leven zit vol verrassingen,' zei hij en spreidde met een olijk gebaar zijn vingers.

'U krijgt een nat verband om de vinger en een elastisch kokertje; u moet het verband enkele malen per dag nat maken. De arm gaat in een mitella, die moet volkomen rust hebben. Morgen om twee uur komt u terug, dan zal mijn collega, dokter Ferenc, de vinger bekijken.'

Dat kan leuk worden, dacht ik, voor mezelf en drie katten zorgen en dat alles met de linkerhand? Ik dacht aan de componist Ravel die voor zijn vriend Wittgenstein – wiens rechterarm in de Eerste Wereldoorlog was geamputeerd – het Pianoconcert voor de Linkerhand schreef.

De dokter gaf me in beide dijbenen een tetanus-injectie. Een verpleegkundige verbond de vinger. Met de arm in een mitella en vier doosjes met diverse capsules, waaronder penicilline, ging ik huiswaarts.

Onderweg belde ik Louise op. Af en toe hadden we nog contact, maar ze werd steeds baziger. Ze had twee katten; ze wilde per se zwarte. Louise was al jarenlang lid van het A.S.G., het Amsterdams Spiritistisch Genootschap waarvan – hoe vreemd – alle leden vrouwen waren. Ze had onmiskenbaar iets van zo'n zwoele waarzegster: dat gitzwarte geverfde haar, die enorme grijsblauwe ogen, waarmee ze heel expressief werkte en niet te vergeten die als met zwarte schoensmeer aangezette wenkbrauwen.

Ze beloofde te komen.

'Jij ook met je kattenmanie,' was haar verwijtende reactie.

De kat, inmiddels Poelie de Verschrikkelijke gedoopt, knapte snel op, terwijl ik mijn arm nog in de mitella droeg. Af en toe ontdeed ik me van die dwaze lap, trok een handschoen aan de rechterhand en ging de kattebakken schoonmaken. Alleen zijn is prima met twee, maar erg lastig met maar een bruikbare arm.

Ik kon Poelie niet samen met Vlek en Lily in de huiskamer laten. Met scherpe klauwen haalde hij naar ze uit, blies en probeerde ze te bijten. Zodra hij de kamer betrad, kropen de twee schatten angstig weg. Een schrikbewind. Meestentijds verbleef Poelie in mijn slaaphokje of op het balkonnetje. Hij sliep aan mijn voeteneind. Als ik hem wilde aaien, bromde en blies hij.

Terwijl ik in bed mijn dagboek zat bij te werken, loosde hij af en toe diepe zuchten, die niets dierlijks meer hadden. Het leek of hij het een kwelling vond om in dat kattelichaam opgesloten te zijn. Ik schrok van die luide zuchten; alsof er behalve ikzelf nog een menselijk wezen aanwezig was.

Hij had ook de vreemde gewoonte langdurig op en neer te lopen, zoals een soldaat wacht loopt, steeds van het raam tot de boekenkast en terug. Louise merkte een keer op: 'Die Poelie zou je op z'n Duits een *teppichfresser* kunnen noemen.' Woorden met een voorspellende kracht.

Wat het voedsel betreft: Poelie de Verschrikkelijke weigerde pertinent alle eten uit blik of pak, wenste uitsluitend vers gekookte wijting, mager poulet, mager lams- of runderhart. Al liet ik hem drie dagen vasten, hij bleef eten uit blik of pak weigeren. Met wellust keerde hij dan het etensbakje om en smeerde de WHISKAS ZEEVIS met de rechtervoorpoot over de vloerbedekking, zoals een peuter met voedsel kliedert. Het drillerig restant dat aan zijn poot bleef plakken, schudde hij er driftig van af, zodat de spetters op het behang of op mijn boeken terechtkwamen. Zo trachtte hij me te dwingen en te domineren.

Graag zat hij op het armetierige vlonderbalkonnetje. Op een keer balanceerde hij vervaarlijk op de rand ervan, viel of sprong er vanaf, maar kwam keurig op zijn lange poten terecht in het rommeltuintje van mijn onderbuurman. Ik dacht: daar ben ik van af.

In de gemeenschappelijke tuinen heersten al jaren twee vechtlustige zwerfkatten, een zwarte en een rode. Ik zag Poelie de tuin in struinen; de zwarte zag hem, bedacht zich geen moment en klom in paniek hoog in de enige boom die de tuin siert. Toen zag Poelie de grote rode kat. Welbewust stevende hij op hem af, het leek wel alsof hij zijn borst vooruitstak zoals een mens dat kan doen. De rode kat, waarvoor alle andere zwerfkatten bang waren – zelfs honden meden hem –, kroop angstig in een in onbruik geraakt ouderwets kolenhok. Met moeite wrong hij zijn dikke lijf door de nauwe opening.

Poelie ging op het grasveld zitten en begon verwoed met zijn tanden aan zijn uitgestoken nagels te trekken. Dat deed hij thuis ook, om het nagelbed soepel te houden; hij was erg secuur waar het nagelverzorging betrof.

Ik riep hem niet, ging hem niet halen, sloot de balkondeur.

Het werd avond, ik kreeg hoofdpijn en ging op bed liggen.

Om een uur of twaalf schrok ik wakker van een afgrijselijk en langdurig kattegekrijs in de tuinen. Zou dat Poelie zijn?

Ik doezelde weer weg op de slaapcapsules.

De volgende ochtend hoorde ik in de melkwinkel een vrouw vertellen dat er drie dode zwerfkatten in de tuin waren gevonden, alle met doorgebeten strot. Ik vroeg me af of Poelie bij de doden zou zijn. In de tuin had ik hem niet meer gezien. Met een gevoel van opluchting meende ik van hem te zijn verlost.

Maar toen ik de ochtend daarna de balkondeur opende trof ik hem op het balkon aan. Hoe was hij naar boven gekomen? Hij moest steil omhoog geklommen zijn, er was geen andere verklaring. Ik keek naar de oude muur. Hij moest zich hebben vastgeklemd aan de grote, roestige spijkers en andere metalen uitsteeksels daar.

Hij strompelde het slaaphok binnen. Overal waar hij had gelopen lagen bloedsporen. Ik zag dat zijn voetkussentjes waren gescheurd en bloedden; twee nagels hingen er half afgescheurd bij.

Even was ik ontroerd, die valse dwingeland wist toch maar precies waar hij thuishoorde, een kat die tegen een steile muur opklom! Of was het uit louter egoïsme: hier heb ik mijn vreten, dit is mijn territorium?

Wonder boven wonder liet hij toe dat ik met lauw water de kapotte kussentjes bette, deze voorzichtig afdroogde en daarna met vaseline insmeerde.

Ik, min of meer zijn slaaf en butler, rende naar de slager en kocht twee ons magere poulet. Begerig verslond hij het, ik hoorde zijn tanden door het vlees snijden. Daarna sprong hij op het bed en slaakte weer zo'n luide, bijna menselijke zucht.

Hij sliep anderhalve dag aan één stuk.

Soms dwong ik zijn forse kop tussen mijn handen, keek in de loensende, gifgroene ogen en streelde hem in een vergeefse poging tot liefkozen. Het antwoord was een vervaarlijk gegrom, waarvan zijn hele lijf vibreerde. Dan kwijlde hij van haat. Snel waste ik zijn speeksel van mijn handen.

Er waren ook die zeldzame momenten waarop hij een liefkozing waardeerde, ik voelde zijn keelmotortje kortstondig en ingehouden spinnen. Door deze intimiteiten liep ik weliswaar het risico van een tweede beet, maar inmiddels had ik ook de tweede tetanusprik gehad.

Ik had Louise bijna alles over de onhandelbare kat verteld.

'Ik zou hem geloof ik allang hebben gewurgd,' zei ze.

Toen ze bij me op visite kwam hield ze uit voorzorg haar lederen handschoenen aan; een raar gezicht, iemand die met handschoenen aan een kopje koffie drinkt.

Ik had de kattensituatie die ochtend gewijzigd: Lily en Vlek op het balkon en Poelie tijdelijk in de huiskamer. De radio stond aan: Grieg, Mozart, daarna Wagner.

'Kom eens gauw!' riep Louise.

Ik kwam de keuken uit.

'Dat is opmerkelijk,' zei Louise, 'zodra die muziek van Wagner klonk, liep hij met gespitste oren naar de radio en nu zit-ie er bovenop.'

Onbeweeglijk en vreemd verstard zat Poelie daar alsof hij echt luisterde.

Een kille rilling prikkelde langs mijn ruggegraat.

'Er is wat met dat beest, doe hem toch weg, hij brengt ongeluk.

Dat heb je trouwens aan die beet gemerkt, dat was bijna slecht afgelopen.'

Als afleidingsmanoeuvre begon ik haar te vertellen hoeveel zakken kattebaksteentjes ik per jaar wel verbruikte.

'In al de jaren dat ik katten heb, heb ik wel tweemaal de Himalaya tot gruis vermalen.'

Op een middag zat ik in de huiskamer wat te mijmeren, toen Poelie zich – zoals gebruikelijk – met frenetieke kracht diagonaal springend, met zijn volle gewicht tegen de slaapkamerdeur wierp, waarvan het bovenste deel uit glas bestaat. Ik stond op. Kwaad loensten de gifgroene ogen naar me op, hij wilde per se de huiskamer in.

'Houd je je koest, rotzak?' riep ik, waarna ik weer ging zitten.

Plotseling hoorde ik een harde bons, het glas brak, hij was er dwars doorheen gesprongen en stond voor me, zijn staart dik van woede, zijn rugharen als stekels overeind.

Wat die in zijn kop heeft, heeft-ie niet ergens anders, dacht ik getergd terwijl ik het glas opruimde. Ik pakte Poelie op en zette hem ruw op het balkon. Onmiddellijk sprong hij op de leuning en vandaar naar beneden. Hij ging zich op het grasveld zitten wassen.

Feilloos vingen meeuwen, in gave duikvlucht, door de buurvrouw van tweehoog naar beneden geworpen stukjes brood. Een enkel gemist stukje pikten ze krijsend op uit het gras.

Ineens maakte Poelie een enorme sprong, kreeg een vleugel te pakken. De vogel stortte neer. Hij ging er met om de poten geslagen staart naar zitten kijken – als in shock bleef de meeuw liggen. Na een minuut of wat begon er echter weer leven in hem te komen. Tot mijn grote opluchting lukte een sprongsgewijze opstijging en verdween hij, lugubere kreten uitstotend, uit het zicht.

De eerste strofe van het beroemde gedicht van Christian Morgenstern schoot me door het hoofd:

Die Möwen sehen alle aus
alsob sie Emma hiessen.
Sie tragen einen weissen Flauss
und sind mit Schrot zu schiessen.

Poelie liep tot het eind van de tuin. In de verte zag ik hem nog onder het hek doorkruipen, richting Molukkenstraat.

Een uur later opende ik de benedendeur; ik schrok, Poelie stoof wild langs me heen, rende al blazend en brommend de trap op en bleef vastberaden voor mijn etagedeur zitten. Er zat niets anders op dan hem binnen te laten.

Louise kwam op visite. Natuurlijk begon ze over Poelie.

'Als jij de moed niet kunt opbrengen hem naar het asiel te brengen, wil ik dat wel voor je doen. Hij verknalt het leven van die twee oude lieverds.' Ze wees op Lily en Vlek.

'Kan er een kwade geest in een kat huizen?' vroeg ik om haar een plezier te doen.

Omstandig begon ze uit te leggen dat een ziel pas rust heeft als de cirkel is gesloten. Ze sprak van metempsychose oftewel reïncarnatie. Als je goed hebt geleefd, zul je in een hogere zijnsorde worden herboren, maar in het hiernamaals zijn óók afdelingen; sommige zielen moeten langdurig in donkere, mistige of schemerige, ijskoude of kokendhete sferen vertoeven.

Ik begreep dat het nog een hele toer was om voorgoed in een aangename hiernamaalssfeer te belanden. Zielen van misdadigers konden in een koe, varken of ander dier terechtkomen. Wie op een laag niveau had geleefd, werd op een laag niveau herboren. Sommigen der 'overgeganen' manifesteren zich door gebruik te maken van het lichaam van het medium.

Ik ging naar de keuken, vulde de fluitketel en zette deze op het gas. Uit de kast nam ik de glazen Melittapot en het koffiefilter.

Louise kwam de keuken binnen, haar anders nogal kleurloze gezicht had nu een kleur.

'Ik wilde je vragen of je, nou ja.' Ze aarzelde. 'Kun je een klein stukje uit Poelies vacht knippen en dat in plastic verpakken? Je moet het goed met tape dichtplakken. Aanstaande zaterdagavond wil ik het meenemen naar de seance van het Amsterdams Spiritistisch Genootschap. De Vlaamse mevrouw Beernaert de Muelenaere komt, dat is een heel bekend medium, ze spreekt met zo'n grappig accent en ...'

'Wat moet er dan met dat stukje vacht gebeuren?' onderbrak ik haar achterdochtig.

Ze legde uit dat ze het stukje vacht aan het medium wilde overhandigen.

Ik staarde door het raam van de keukendeur naar de armoedige achterzijde van de huizen aan de overkant.

'Luister je?' Er was iets scherps in haar stem.

Uit het keukenkastje nam ik een plastic diepvrieszakje, de schaar en het rolletje tape.

'Als ik je daar een plezier mee doe.'

Ze maakte me altijd moe, er was iets in haar dat na een uur loodzwaar op me drukte.

Een week later kwam ze me opgewonden over de seance vertellen.

Zodra ze het 'object' aan het medium had overhandigd, sloot de vrouw haar hand om het minuscule pakje. Ze raakte al snel in trance en begon overdreven te miauwen en te blazen, wat bij de aanwezige dames een ongebruikelijke hilariteit veroorzaakte. Ze was net een woedende kat, zelfs haar oren leken groter.

In het verdere verloop van de seance klonk een schorre mannenstem via het medium, in het Duits schreeuwend dat 'Het Duitse volk niet Duits genoeg meer was'.

Hierna verviel het medium enkele minuten in een onverstaanbaar gemompel. Toen riep ze met een van woede vertrokken gezicht hysterisch: 'DER EWIGE JUDE' en: 'GEFÄLLT EUCH DIE JUDENSCHAFT . . .' Ten slotte hief ze haar rechterarm gestrekt tot even boven haar schouder en viel flauw.

Nu vielen mediums wel vaker flauw, maar dit keer kwam het medium niet spontaan bij. De GG & GD moest eraan te pas komen.

'Ze kan niet uit haar trance komen,' verklaarde de voorzitster, terwijl de verpleegkundige de vrouw zuurstof toediende.

De seance was bijzonder paniekerig geëindigd en Louise voelde zich daaraan schuldig.

'De tachtigjarige mevrouw Köffler was ook aanwezig,' vertelde ze, 'tijdens de oorlog woonde zij in Berlijn en had Hitler daar enkele malen in het echt zien spreken. Mevrouw Köffler concludeerde op grond van stem, gebaren en mimiek, die via het medium doorkwamen, dat Hitler zich hier ongetwijfeld manifesteerde.'

Ze maakte me knap zenuwachtig. Ik trachtte mijn onzekerheid te verbergen, liep naar de slaapkamerdeur en riep: 'Hitler!'

Prompt spitste hij zijn abnormaal grote oren, een hevige trilling trok door zijn lijf, zijn rugharen gingen steil overeind staan en zijn staart werd zo dik als een plumeau. Met een harde bons sprong hij enkele malen omhoog tegen het glas, maar dat was nu van onbreekbaar materiaal.

'Ik blijf hier geen minuut langer!' riep Louise, 'zijn straf is nu in een kattelijf te moeten leven, maar je ziet het, zijn fanatisme is nog ongebroken.'

Op een mistige ochtend ging ik met hem naar de dierenarts voor de definitieve oplossing van mijn kattevraagstuk. Ik vertelde hem hoe vals de kater was, hoe hij mij had gebeten en over de drie gedode zwerfkatten.

Weer trok de dokter dikke grijze handbeschermers aan. Met behulp van de assistente werd hij uit zijn korf getrokken, een heel karwei, want hij was nu reusachtig sterk.

De dokter nam een forse injectiespuit, vulde deze met een oranje vloeistof, stak de naald diep in Hitlers rug, waarna de substantie in diens harige lijf verdween.

Na een minuutje werd het dier doezelig. Met een gevoel van wroeging aaide ik hem nog even. Toen viel hij om; zijn sluitspier verslapte, waardoor een plas dunne ontlasting uit zijn anus liep.

'Afgelopen,' zei de dokter laconiek, 'wilt u het korfje weer meenemen?'

'Alstublieft niet, gooit u het maar weg.'

Hij schoof de dode kat erin, de assistente dweilde de troep van de metalen tafel.

Soms kwelt mij een gevoel van zelfverwijt.

Ik zie Hitler voor me in zijn laatste momenten; hoe zijn gifgroene ogen snel verdoffen, de oogbollen kantelen en een melkachtig vlies tonen. Ik zie hem als een blok machteloos op zijn zijde vallen.

Waarschijnlijk ben ik de enige jood ter wereld die heeft gehuild om Hitlers dood.

Verklarende woordenlijst

col de chien – (Fr.) keelbandje
der ken schul un almemmer uf – die is niet te verzadigen
e schtim wie 'n egle 'arufe – een stem als van een koe met gebroken nek
galliesj – misselijk
goj(se) – niet jood(se)
gotspe – brutaliteit
keppeltje – kapje dat op de sabbat en op joodse hoogtijdagen door de mannen op de kruin wordt gedragen
koosjer – voedsel volgens de joodse spijswetten bereid
luftmensj – iemand die van de ene in de andere dag leeft; luchtfietser
mach schtos wen de was verdienst – verkoop grapjes als je wat verdient
mesjoggaas – bespottelijk, gek
Pesach – joods paasfeest
rache – Duits-jiddisch woord voor wraak
Rosj ha-sjana – joods nieuwjaar
schnabel – bek, grote mond
schwamm d'r über – zwijg er maar over
sjolent – broodpudding
treife – onrein, vooral met betrekking tot voedsel
versjteren – verknallen, verknoeien
von schtiel und benk reiden – iemand omver kletsen